Anonym

Ein Wort über Agenturen zur Beförderung Deutscher Auswanderer nach Nordamerika

AF130479

Anatiposi

Anonym

Ein Wort über Agenturen zur Beförderung Deutscher Auswanderer nach Nordamerika

Unveränderter Nachdruck der Originalausgabe von 1847.

1. Auflage 2023 | ISBN: 978-3-38260-152-2

Anatiposi Verlag ist ein Imprint der Outlook Verlagsgesellschaft mbH.

Verlag: Outlook Verlag GmbH, Zeilweg 44, 60439 Frankfurt, Deutschland
Vertretungsberechtigt: E. Roepke, Zeilweg 44, 60439 Frankfurt, Deutschland
Druck: Books on Demand GmbH, In de Tarpen 42, 22848 Norderstedt, Deutschland

Ein Wort

über

Agenturen

zur Beförderung

Deutscher Auswanderer nach Nordamerika

Als Erwiederung auf die Erklärungen und Erläuterungen

des

Herrn W. Finlay in Mainz

Havre, im August 1847

Paris

Gedruckt bei Fain und Thunot, rue Racine, 28

nahe dem Odeon

1847

preis von 150 Franken in Havre als Norm anzunehmen.
Ich habe seinen sogenannten Rechnungsmodus oben geprüft, und da
nach meiner Berichtigung desselben 115 und 80 fl. ab Mainz nicht
dem Kopfpreis von 155 Franken, sondern dem von 185 Franken von
Havre aus, entsprechen, so zweifle ich nicht, daß Herr Finlay den vom
12. bis 21. Mai von ihm engagirten Auswanderern die zu viel er=
hobenen 30 Franken wieder herausgeben wird?

Herr Finlay will die Nachricht von der berichtigten Raumaus=
legung der Kongreßakte bereits am 20. Mai mit dem Boston
Steamer vom 1. Mai erhalten haben, und giebt vor, daß er deßhalb
vom 22. Mai an seine Preise noch weiter auf 105 und 75 fl. von
Mainz aus herabgesetzt hätte.

Es thut mir abermals leid, Herrn Finlay das Verdienst dieser
freiwilligen Preisreduktion und die Richtigkeit seines Motives ab=
sprechen zu müssen. Er konnte die erwähnte Berichtigung in keinem
Fall mit dem Boston Steamer vom 1. Mai erhalten haben, da der
Schatzsekretär in Washigton dieselbe erst mit seinem
Zirkular vom 13. Mai ankündigte! Herr Finlay, der mit
Veröffentlichung meiner konsularischen Reklamationen so freigebig
ist, wenn er glaubt, daß solche in seinen Kram passen, hütete sich
wohl das wahre Motiv seiner derisorischen Preisreduktionen von
125 fl. auf 115 und 105 fl. mitzutheilen. Am 7. Mai schrieb ich
nämlich an die Herren Paillette und Kamp. hier, welcher Brief am
11. Mai in Herrn Finlay's Händen sein konnte:

„Es steht zwar Herrn Finlay frei, für Erwachsene den Preis
„von 120 fl. und für Kinder 80 fl. zu verlangen, allein die
„Motive, auf welche er diese Forderungen stützt, befriedigen
„mich auf keine Weise.

„Sie sagen mir, daß für Platzverträge auf Kauffahrteischiffe
„der Preis der Erwachsenen heute 150 Franken sei. Ich will
„es zugeben, obgleich ich weiß, daß ungeachtet des neuen ameri=
„kanischen Gesetzes, und ungeachtet des Andrangs von Aus=
„wanderern, welchen Herr Finlay geltend zu machen sucht,
„täglich Kontrakte zu 130 Franken geschlossen werden. Ich
„nehme jedoch 150 Fr. an.

Vorwort.

Bis zum Jahr 1840 war die Auswanderung in allen deutschen Staaten frei, d. h. die Regierungen bevormundeten die Auswanderer auf keine Weise in Bezug auf die Mittel ihrer Beförderung. Jeder Auswanderungsluftige konnte sich von seiner Heimath nach dem von ihm gewählten Einschiffungshafen begeben, und daselbst mit Häusern, welche sich dem Beförderungsfache widmeten, und denen in der Regel die Schiffsrheder oder Kapitäne das Engagement solcher Zwischen= deckspassagiere gegen ein nach Procenten oder kopfweise bestimmtes mäßige Salair übertragen hatten, Behufs ihrer Abreise und Ueber= fahrtspreise in direkte Unterhandlung treten. Bei diesem unmittel= baren Verkehr des Auswanderers mit seinem Schiffskapitän, durch Vermittlung des Kommissionärs des letztern, hatte der Auswanderer sein Interesse augenscheinlich selbst zu vertheidigen. Die Ueber= fahrtspreise blieben jedoch mäßig, denn die freie Platzkonkurrenz kam ihm zu Hülfe. Nur in streitigen Fällen, welche jedoch selten vor= fielen, brauchte der Konsul einzuschreiten.

Da mit einem Male lenkten einzelne Verlüste, welche die Auswan= derer hie und da durch betrogenes Vertrauen erlitten, die Aufmerk= samkeit der deutschen Regierungen auf die vermeintliche Unsicherheit dieses Prinzips freier Abreise von der Heimath. Es konnte nicht fehlen, daß der unerfahrne, deutsche Landmann, uneingeweiht in die

1

Schliche mitteloser Schwindler, sich in den Häfen mitunter an Unter=
händler wandte, welche entweder kein Mandat zu vergleichen Platz=
verträgen hatten, oder denen die übliche Vorausbezahlung des
Ueberfahrtspreises zu andern Privatoperationen diente. Wie immer
in vergleichen Fällen fanden sich auf der Stelle Spekulanten, welche
die wohlwollenden Absichten der deutschen Regierungen, ihre aus=
gewanderten Landeskinder vor dergleichen Uebervortheilungen zu
schützen, zu Beweisen benützten, als könnte dieser edle Zweck nur
dadurch erreicht werden, daß die Auswanderungsluftigen sich vor der
Verlassung ihrer Heimath einer speziellen Ueberfahrtsgelegenheit zum
voraus versicherten.

Darauf hin räumten die Regierungen von Bayern, Würtemberg,
Baden und Hessen verschiedenen Handelshäusern von Bremen, Ham=
burg, Antwerpen, Rotterdam und Havre die Befähigung ein, in
ihren Staaten Agenturen zu errichten, mit welchen jeder Auswan=
derungsluftige einen Ueberfahrtsvertrag zum Voraus zu schließen
hätte. Die königl. bayerische Regierung verschärfte diese Neuerung
durch gleichzeitige Verordnungen (vom 24. Januar und 8. Mai 1840),
welche jedem Auswanderungsluftigen Bayer zur Erlangung eines
Reisepasses von Seite seiner örtlichen Behörde die Bedingung aufer=
legten, derselben seinen, vom einschlägigen königl. bayerischen Kon=
sulat beglaubigten, Schiffsakkord, mit einem dieser im Königreich
Bayern konzessionirten Verschiffungsagenten, vorzulegen.

Diese Verfügungen sicherten den erwähnten Häusern seit 1840,
insbesondere in Bayern, eine Art von Monopol für die Beförderung
der Auswanderer nach Nordamerika. Blos Pfälzer Auswanderer,
welchen es gelang heimlich nach Frankreich zu entkommen, und mit
Hülfe ihrer Fuhrleute, die ohnehin nicht streng gehandhabte fran=
zösische Grenzaufsicht mit Vorzeigung von Geburts= oder Heimath=
scheinen zu befriedigen, konnten sich diesen gezwungenen Voraus=
abschlüssen entziehen, und ihre Verträge entweder in den französischen
Grenzstädten Forbach und Weißenburg mit den seit längerer Zeit

daselbst ansäßigen Agenten von Havreser Häusern, oder mit letztern selbst in Havre schließen, in beiden Fällen mit Verzichtleistung auf jede konsularische Kontrole ihrer Kontrakte.

Geht man auf den Grund jener Verfügungen von 1840 zurück, so wird Niemand die humanen Absichten der deutschen Regierungen dabei in Zweifel ziehen. Leider mußte ihr Zweck an dem kaufmännischen Element, welchem die Verwirklichung desselben anvertraut war, scheitern. Wie besonders seit zwei Jahren die Nachtheile dieser gezwungenen Vorausabschlüsse sich immer greller herausstellten, verdient ausführlicher entwickelt zu werden.

Ohne einerseits das Prinzip der Auswanderungsfreiheit antasten, noch anderseits ausmitteln zu wollen, ob durch zeitgemäße Zugeständ= nisse diese dem Süddeutschen eigenthümliche Sehnsucht nach einer neuen Heimath jenseits der atlantischen Gewässer nicht erstickt werden könne, läßt sich doch mit Gewißheit annehmen, daß sehr Viele nur durch das Beispiel ihrer Nachbaren, hauptsächlich jedoch durch die Ueberredungskünste der aus der Auswanderung Nutzen ziehenden Mittelspersonen zur Abreise verleitet werden. Es handelt sich hier nicht von den Verschiffern in den bezeichneten Häfen selbst; von die= sen wird sogleich in anderer Beziehung die Rede sein. Es handelt sich von ihren Agenten in Deutschland, und von den für die letztern im Stillen wirkenden Unterhändlern auf dem platten Lande. Die in den Städten wohnenden Agenten spielen in der Regel blos eine schein= bar passive Rolle, die der Ausfertigung der Schiffsakkorde, und der Empfangnahme der Passagegelder. Eine ungleich rührigere Thätig= keit entwickeln dagegen ihre Emissäre in den Dörfern und Marktflecken. Im Pfalzkreis sind es zum Theil Fuhrleute, welche aus dem Land= transport der Auswanderer durch Frankreich ein Gewerbe machen, ungerechnet, daß sie für jeden Auswanderer, den sie den Weißenburger und Forbacher Agenten abliefern, ein sogenanntes Kopfgeld von 2 Franken bekommen. Züge von 80 Auswanderern, von einzelnen

Fuhrleuten angeworben, bedecken Jahr aus Jahr ein die Straßen von Metz und Nancy nach Havre. Die von diesen Fuhrleuten angewandten Mittel, sich das erwähnte Kopfgeld und den Transport der Auswanderer nach Havre zu sichern, sind mitunter skandalöser Art; da sie jedoch die Vorsicht gebrauchen, sich durch nichts Schriftliches gegen die Auswanderer zu binden, so entschlüpft ihr polizeiwidriges Treiben jeder Verfolgung bayerischer Gerichte.

Einen noch weit ausgedehntern Antheil an der Anreizung zur Auswanderung nimmt diejenige Klasse von Unterhändlern, welche in dem oft spottwohlfeilen Ankauf der Häuser und Grundstücke der Abziehenden ihren Vortheil finden. Die Mehrzahl dieser Emissäre steht mit städtischen Kapitalisten, bisweilen selbst mit den wohlhabendern Zurückbleibenden in demselben Dorfe in geheimem Bunde. Es folgt hieraus, daß durch Duldung der erwähnten Agenturen, als Beförderungsmittel dieses Wuchers, die deutschen Regierungen wider Willen zur Verarmung ihrer abziehenden Landeskinder beitragen.

Beleuchtet man jedoch die Nachtheile dieser Vorausabschlüsse von dem Gesichtspunkt des unmittelbaren pekuniären Interesse der Auswanderer, so muß man billig erstaunen, daß diese moderne Industrie nicht schon früher entschiedene Gegner fand.

Die von den deutschen Regierungen zu Agenturen in Deutschland befähigten Transportanten verschiedener Seehäfen können füglich in zwei Klassen getheilt werden:

1) Rheder von Schiffen und Direktoren von Dampfbooten, welche Jahr aus Jahr ein einen regelmäßigen Abfahrtsdienst nach den Vereinigten Staaten unterhalten. Zu dieser Klasse gehören eigentlich blos:

a) Die zwischen Havre und Newyork fahrenden amerikanischen Packetboote oder Postschiffe, 16 an der Zahl, deren je eines alle 8 Tage in See geht, und die von Herrn W. Finlay in Mainz vertreten werden.

b) Die zwischen Havre und Newyork fahrenden 4 französischen Dampfboote der Aktiengesellschaft Herout u. de Handel in Havre, ebenfalls von Herrn W. Finlay vertreten.

Nach den Statuten dieser Kompagnie soll vom April bis November je alle 15 Tage, und vom Dezember bis März je alle Monate eines dieser Dampfboote von Havre aus nach Newyork in See gehen. Ihre Ueberfahrt von Havre nach Newyork ist für 15 Tage berechnet.

c) Der zwischen Bremen und Newyork eingerichtete Dampf= bootsdienst, bis jetzt erst von dem amerikanischen Dampfboot Washington unterhalten, welchem später jedoch noch an= dere beigefügt werden sollen.

2) Frachtspekulanten und Schiffsmäkler. Aus dieser zweiten Klasse besteht die Mehrzahl der zu Agenturen in Deutschland befähig= ten Transportanten, und es gehören zu derselben mehrere be= kannte Handelshäuser von Hamburg, Bremen, Antwerpen, ferner zwei Rotterdamer Schiffsmäkler, und endlich, jedoch ins geheim, die Korrespondenten des Herrn W. Finlay in Havre, voriges Jahr unter der Firma von Lemaitre Courte= ville und Komp., dieses Jahr unter der von Paillette und Komp.

Es liegt keineswegs in der Absicht dieser Mittheilungen, die Frachtspekulationen der genannten Häuser ihrem Prinzip nach als unerlaubt angreifen zu wollen. Operationen, welche darin bestehen, daß Jemand die ganze Tragfähigkeit eines Schiffes miethet, und den Raum einzeln zu einer höhern Fracht wieder vermiethet, sind im Gegentheil ganz gesetzmäßig, und in allen Häfen an der Tagesord= nung. Noch mehr. Bei der Bedeutenheit der Auswanderung wäre es selbst unmöglich, die große Mehrzahl dieser Passagiere mit andern Schiffen als solchen Kauffahrteifahrern zu befördern. Hier soll blos der Beweis geführt werden, daß die Auswanderer vor weit bedeutendern Uebervortheilungen geschützt

würden, wenn man ihnen erlaubte, sich mit Hülfe gu=
ter Rathschläge von eigens dazu zu bestellenden Per=
sonen in den Seehäfen selbst zu engagiren, als indem
man sie dem Zwang jener Vorausabschlüsse mit will=
kürlicher und konkurrenzloser Preisbestimmung in ihrer
Heimath unterwirft.

Beständen die Transportanten aller Häfen ausschließend aus Rhe=
dern von Schiffen, deren Abfahrt, gleich der der 16 Havre Packetboote,
an eine vorausbestimmte regelmäßige Epoche und an einen ununter=
brochenen Dienst gebunden wäre, so möchte die daraus entspringende
Garantie prompter Beförderung und die Hoffnung der pünktlichen
Erfüllung aller Vertragsbedingungen, begründet in der Periodicität
eines solchen Dienstes und in der Besorgniß seiner Eigner, ihn durch
Veröffentlichung des Gegentheils verschrien zu sehen, den Auswan=
derer bei gewissen vom Staat dem Agenten aufzuerlegenden Garantien
gegen übermäßige Preisforderungen und Ausartung ihres Gewerbs in
ein Monopol, über kleine und zufällige Preisdifferenze hinwegsehen
lassen. Die zum voraus bekannte Zahl der Plätze an Bord von solchen
Packetbooten würde gleich Plätzen in Eilwägen der Gegenstand des
Kontrakts, und kein Agent könnte dieselben überschreiten.

Nicht alle Häfen eignen sich jedoch zur Errichtung eines regel=
mäßigen Packetbootsdienstes. Die geographische Lage, die Unter=
brechung der Schifffahrt im Winter, und andere Ursachen bilden für
die meisten derselben unzubeseitigende Hindernisse.

Für die Hauptmasse der Auswanderer bleiben deßhalb, wie bemerkt,
gewöhnliche Kauffahrteischiffe, deren Abfahrten von den Verträgen
(Chartepartien) des Befrachters mit den Rhedern oder Kapitänen
bestimmt werden, die einzigen Beförderungsmittel. Es liegt jedoch
in der Natur der Sache, daß der Spekulant erst dann ein Schiff
befrachtet, wenn er durch seinen Agenten vorher eine hinreichende
Ladung Auswanderer engagiren lassen konnte. Die Operation be=
ginnt daher von vorne herein mit einer Verletzung des Rechtsprinzips,

welches beim Verkäufer, im Moment des Kontrakts, den wirklichen Besitz des verkauften Gegenstands (d. h. Raums in disponiblen Schiffen) voraussetzt. Ist dieser wirkliche Besitz wohl denkbar bei Kontrakten, welche im Januar und Februar geschlossen werden, für Abfahrten im Mai und Juni? Liegt hierin folglich nicht allein der Grund zu den Tausend Klagen, welche gewöhnlich bei der Verfallzeit solcher Kontrakte in den Häfen entstehen, über verspätete Einschiffung, unzureichende Entschädigung, ja selbst über förmlichen Kontraktbruch, wie neulich in Bremen, wo augenblickliche Seltenheit von Schiffen, und das gleichzeitige Erscheinen der amerikanischen Kongreßakte, einzelne dieser Spekulanten in Verlust versetzt haben würde? Kann auf die Dauer den deutschen Konsulaten zugemuthet werden, daß sie ihre Zeit zur Beseitigung von Schwierigkeiten herleihen, welche schon in der Natur solcher Kontrakte begründet sind? Bei jedem andern Civilvertrag würden dergleichen aleatorische Operationen auf Lieferung ohne wirklichen Besitz der Sache im Moment des Kontrakts, die Aufmerksamkeit der Regierungen auf sich ziehen, warum nicht auch für Kontrakte solcher Spekulanten mit Auswanderern?

Einen andern permanenten Nachtheil für die Auswanderer veranlaßt die Unterhaltung der zahlreichen Agenturen und die Nutzenberechnung des Frachtspekulanten, Unkosten, welche beide nur bei dergleichen Vorausabschlüssen dem Auswanderer zur Last fallen können.

Die wenigsten Agenten begnügen sich mit 10 Procent (mit Inbegriff des den Unterhändlern abfallenden Kopfgeldes) auf den Ueberfahrtspreis. Herr Finlay nimmt für seine eignen, für die Spesen seiner Unteragenten und deren Emissäre, und für die der Havre Einschiffungsagenten, einen beständigen Satz von 16 Procent mit in seine Preise auf. Gesetzt er engagirt einen Auswanderer zu 80 Gulden von Mainz nach Newyork, so bezahlt ihm Letzterer, abzüglich der 20 Gulden für die Fracht von Mainz nach Havre, allein fast

10 Gulden oder 21 Franken per Kopf für Agenturspesen! Hiezu kommt nun noch der projektirte Nutzen auf die Befrachtungssumme, auf den eigentlichen Zweck solcher Vorausabschlüsse für Kauffahrtei= schiffe. Betrüge derselbe durchschnittlich auch nur 10 Procent von dem Ueberfahrtspreis, d. h. von 80 Gulden ab Mainz, abzüglich 20 Gulden, 6 Gulden oder 13 Fr. per Kopf, so wäre die Spekulation schon sehr ergiebig, besonders da der Verschiffer auf den Preis der Lebensmittel noch seinen besondern Nutzen hat. Allein wenn sich derselbe auch mit einem solchen Nutzen für Beförderungen im März und April begnügen würde, so gelingt es seinen Agenten in Deutsch= land, mit Hülfe des um diese Epoche stets zunehmenden Andrangs der Auswanderung, die Preise für spätere Beförderungen doch in der Regel weit höher zu treiben. Derselbe Satz gilt dann für den ganzen Som= mer und das Spätjahr, wenn auch in der Zwischenzeit durch zahlreiche Ankünfte von Schiffen in den Häfen, der Verschiffer wieder ungleich billigere Befrachtungen bewerkstelligen konnte.

Wie könnte der deutsche Landmann diese Verhältnisse beurtheilen? Braucht man ihn über Sachen zu belehren, die den Preis für Vor= ausabschlüsse auf das Minimum der Hafenpreise herabwürdigen wür= den? War seit vorigem Jahr die Zahl der disponiblen Schiffe mit= unter dem Andrang der Auswanderung nicht gewachsen, und mußte in solchen Fällen der Verschiffer zu Befrachtungen schreiten, welche ihm auf den Preis seiner Uebernahmen wenig oder keinen Nutzen ließen, so diente ihm dieses momentane Mißlingen seiner Spekulation, welches augenscheinlich nur in dem Uebermaß seiner freiwilligen Uebernahmen begründet war, auf der Stelle wieder zu einer neuen Erhöhung der Ueberfahrtspreise, so daß die zuletzt angeworbenen Aus= wanderer ihm den Nutzen, welchen er auf einzelne früher beförderte entbehrte, reichlich wieder einbrachten. Von diesem System, die Zukunft für die Gegenwart zu besteuern, ist keiner der erwähnten Häfen ausgeschlossen, da die Handelsverhältnisse des Europäischen Kontinents zu den Verein. Staaten der Art sind, daß Mangel oder

Ueberfluß an Schiffen für Aus- oder Retourfrachten in der Regel in allen Häfen gleichzeitig Statt finden, und sämmtliche Transportanten von demselben Prinzip geleitet werden. Als Palliativ gegen einen solchen Mißbrauch ihrer privilegirten Stellung in Deutschland könnten die Verschiffer zwar ebenfalls einem gewissen, von den Konsuln periodisch zu bestimmenden Preismaximum, von den deutschen Regierungen unterworfen werden, allein dieses nur auf regelmäßige Packetboote anwendbare Mittel würde in keinem Fall die übrigen Unvollkommenheiten des Uebernahmsystems für gewöhnliche Kauffahrteischiffe, ohne bestimmte Abfahrtsfrist, aufheben.

Nicht genug daß die erwähnten Verordnungen von 1840 dergleichen Spekulanten an den Seehäfen ins Daseyn riefen, begünstigten sie selbst im Innern von Deutschland ihr Treiben. In Mainz bildete sich seit mehreren Jahren ein sogenannter „Verein zur Beförderung deutscher Auswanderer," welcher mit Ausnahme von Bayern in verschiedenen süddeutschen Staaten Agenturen unterhält. Bedenkt man, daß dieser Verein seinen Agenten und deren Emissären 5 bis 7 1/2 Procent Gebühren zu entrichten hat, daß ihm in den Seehäfen für Schiffsbefrachtung und Einschiffung der Auswanderer ebenfalls 10 Procent Kommission zur Last fallen, und daß er selbst bei dergleichen Operationen auf einen Gewinn von wenigstens 10 Procent Anspruch macht, welche 25 bis 27 1/2 Procent auf den reinen Ueberfahrtspreis geschlagen und aus des Auswanderers Tasche geholt werden müssen, so motivirt ein solches Beispiel allein die beste Kritik des geduldeten Uebernahmsystems.

Haben etwa seit der Einverleibung dieser Lieferungsgeschäfte mit den Operationen des deutschen Handels alle Beschwerden über gezwungenes Warten der Auswanderer in den Häfen, unzureichende Entschädigung u. s. w., aufgehört? keineswegs. Zu keiner Zeit ertönten die öffentlichen Blätter Deutschlands häufiger von beßfallsigen Klagen, als seit der Duldung dieser Agenturen. Nach der Abreise der Auswanderer wurden ihre Klagen jedoch übertäubt durch das

durch Schutzzölle leiten? Jeder Unparteiische möge darüber urtheilen.

Wenn aus so entschiedenen Nachtheilen für Staat und Auswanderer der Schluß gezogen werden kann, daß sich eine so selbstsüchtige und gefährliche Industrie in keinem Fall zur Verwirklichung der rein philantropischen Absichten der deutschen Regierungen eignet, wenn die Erfahrung der letzten Jahre und das oben erwähnte Benehmen deutscher Verschiffer die bis jetzt erzielten Resultate nur als eine Ironie erscheinen lassen, so bleibt die Frage, ob dieselben Regierungen ihren edlen Zweck, ihre auswandernden Landeskinder vor Uebervortheilungen zu schützen, nicht durch eine andere Art von Intervention errei= chen können?

Zur befriedigenden Lösung dieser Frage wäre ein gemeinsames Einverständniß aller deutschen Regierungen am hohen Bundestage nöthig, wozu hier blos allgemeine Andeutungen gegeben werden kön= nen, da ich mich durchaus nicht für befugt halte, die Sache anders als anregungsweise zu berühren.

In keinem dieser Staaten dürften fortan Privatagenturen für Vorausabschlüsse auf Beförderungen mit Schiffen, welche keinen regelmäßigen Packetbootsdienst mit bestimmter Abfahrtsfrist bilden, geduldet werden. Alle Konzessionen für die bereits bestehenden wür= den aufgehoben. Die bestehenden Verbote gegen heimliche Wer= bungen auf dem platten Lande wären auch auf die bezeichneten Vorausabschlüsse zwischen Auswanderungslustigen und Privatper= sonen in den Städten auszudehnen, und durch Androhung von Polizeistrafen zu verschärfen.

(Diese gemeinsame Maßregel wäre unumgänglich nöthig, weil eine blos partielle Aufhebung der Agenturen in einem Staat die Vermehrung anderer Agenturen im Nachbarstaat nach sich ziehen, und die oben besprochenen Nachtheile fortbestehen lassen würde, insbesondere die gewaltsamen Preisschwankungen in den Seehäfen durch das Uebermaß unvorsichtiger Uebernahmen.)

Jeder Staat würde am Sitz seiner Kreisregierungen einen Beamten

— 12 —

anzustellen haben, an welchen die Auswanderungsluſtigen Behufs
ihrer Ueberfahrt von irgend einem der bezeichneten fünf Häfen ſich
zu wenden hätten.

Von ſämmtlichen Bundesregierungen würde in jedem dieſer Häfen
ein deutſcher Bundesagent gegen Kaution angeſtellt, an welchen von
den Heimathsbeamten die Auswanderer verwieſen würden, und der
die Unterhandlungen für Ueberfahrt, und den Abſchluß der Verträge
zwiſchen den Auswanderern und Verſchiffungs-Kommiſſionären zu
leiten, und zugleich für Erfüllung dieſer Verträge zu ſorgen hätte.
Die Bundesagenten in den Häfen ſtänden unter der direkten Kontrolle
der Konſule ſämmtlicher Bundesſtaaten. Nöthigenfalls würden auch
in verſchiedenen franzöſiſchen Grenzſtädten Bundesagenten angeſtellt.

An dieſe Maßregeln würden geeignete Verfügungen geknüpft, in
Bezug auf Paßertheilung, Deponirung der ungefähren Ueberfahrtsgelder und ſonſtiger Beträge für Reiſekoſten in die Hände der Heimathsbeamten zur jedesmaligen Uebermachung an den Bundesagenten
in dem gewählten Seehafen u. ſ. w.

Die Heimathsbeamten und Bundesagenten würden von den Regierungen fire Gehalte ziehen, zu deren Beſtreitung jeder Auswanderer
einer mäßigen Regierungstare an den Heimathsbeamten und Bundesagenten unterworfen wäre.

Meine Antwort

Vorstehende Blätter waren geschrieben und der Veröffentlichung bestimmt, als mir Herrn Finlay's sogenannte „Erläuterungen und „Erklärungen," als Erwiederung auf meine konsularische Warnung an Auswanderer in der Beilage zur allgemeinen Zeitung vom 20. Mai d. J., zu Gesicht kamen. Herr Finlay ahnete wohl nicht, daß er mir in dieser Broschüre nur neue Belege zu meinen Ansichten über das Auswanderungs-Agenturwesen liefern würde. Das deutsche Publikum möge hierüber urtheilen.

Für Personen, welche meine Warnung an Auswanderer in der allgemeinen Zeitung vom 20 Mai d. J. nicht gelesen haben, folgt hier ein Auszug ihres Inhalts.

Die Amerikanische Kongreßakte vom 2 März 1847, welche jedem Zwischendeckspassagier an Bord von Kauffahrteischiffen einen Raum von 14 Quadratfuß sichert, während das bisherige Raumverhälniß 2 Passagiere von 5 Tonnen Trägfähigkeit betrug, hatte in der letzten Zeit den zu Schiffsverträgen mit bayerischen Auswanderern befähigten Agenten verschiedener deutscher, holländischer und hiesiger Verschiffer zu manchem ungegründeten Vorwand gedient. Einige benützten nämlich jene Akte, deren Verfügungen (nach der ersten Auslegung derselben) den frühern Raumgehalt mancher Schiffe um etwa ein Viertheil verminderten, um Akkorde, welche sie mit bayerischen Auswanderern für Abfahrten in den Monaten Mai und Juni zum Voraus geschlossen hatten, aus freier Willführ ganz zu brechen. Herrn Finlay traf ein solcher Vorwurf nicht, da seine hiesigen Korrespondenten seine Kontrakte vollzogen oder zu vollziehen versprachen. Dagegen benützte er die erwähnte Akte zu einer neuen künstlichen Steigerung seiner Ueberfahrtspreise, und zu fernerer Ausbildung seines „Reserveschiffssystems". Zur Hintertreibung dieser Versuche machte ich auf meine von der königl. bayer. Regierung bereits unterm 12. Juni 1846 veröffentlichte Warnung aufmerksam, und wiederholte dieselbe auszüglich. Zugleich gab ich die Motive an, weßhalb ich verschiedenen Verträgen des Herrn Finlay, welche mir derselbe im Monat Mai d. J. zur Einholung meines konsularischen Visum vorlegen ließ, und worin er sich für Fahrten nach Newyork mit Postschiffen im Juni und Juli den übermäßigen Preis von 120 Gulden von Mainz bis Newyork (oder abzüglich der 20 Gulden Reisespesen von Mainz hieher, gleich mit 210 Franken von Havre bis Newyork) für jede Person über 10 Jahren ausbedungen hatte, im Sinn der königl. Verfügung vom 24. März 1840, als zu beschwerend für die Auswanderer, mein Visum verweigerte. Diese Motive stützten sich:

1) Auf den Umstand, daß ungeachtet der übermäßigen, zum Theil auf gewöhnliche Kauffahrteischiffe lautenden Vorausabschlüsse des Herrn Finlay für Abfahrten von Havre im April und Mai, in welcher Epoche die amerikanische Kongreßakte ihren Effekt hier äußerte, der Ueberfahrtspreis von Havre nach Newyork für Platzverträge gleichwohl nicht das Maximum von 150 Franken überstieg, während

2) Mit Grund anzunehmen war, daß im Juni und Juli ein Abschlag der Ueberfahrtspreise für Platzverträge auf 120 Franken (gleich mit 77 Gulden von Mainz nach Newyork) Statt finden würde,

3) Weil unter diesen Umständen Herrn Finlay's extravagante Forderung von 120 Gulden (oder 210 Franken von Havre nach Newyork) vermuthen ließe, er wolle auf die später nach=

folgenden Auswanderer den eingebüßten Nutzen auf früher en=
gagirte nachholen, oder in dem Preis von 120 Gulden, im
Vergleich zum vorjährigen von 60 Gulden, ein Mittel finden,
seine bedeutenden Agenturspesen von 16 Procent (welche in dem
Preis von 120 Gulden, abzüglich der Kosten von Mainz hieher,
allein für 15 Gulden jeden Auswanderer beschweren würden)
dieses Jahr verdoppeln! —

Ich könnte mich zwar als Antwort auf Herrn Finlay's Erläute=
rungen darauf beschränken, die mir von der königl. bayer. Regierung
seitdem zu Theil gewordene allerhöchste Billigung meiner Warnung
hier wörtlich beizufügen.   Damit würden jedoch Herrn Finlay's son=
derbare Behauptungen nicht zerstört werden.   Ob ich diesen Zweck
in nachstehenden Blättern erreichte, hierüber möge der unparteiische
Leser entscheiden.

Herr Finlay beginnt und schließt seine Schrift mit der Ansicht, daß
ich ein vorlauter Ideolog des Auswanderungswesens sei, und daß je
mehr die Auswanderung in Deutschland an Bedeutung gewinne,
überhaupt eine Umgestaltung der konsularischen Zustände in den See=
häfen sich als dringend nothwendig herausstelle, und zwar in der Art,
daß das Auswanderungswesen künftig unter die unmittelbare Auf=
sicht tüchtiger Staatsbeamten gestellt, und nicht wie bisher Kaufleuten
und Schiffsrhedern anvertraut werde, welche weder die gehörige
Zeit noch zur Würdigung des Beförderungsfachs eine hinlängliche
Summe von Erfahrungen, Einsicht und Kenntniß besäßen!

Dieses schrieb Herr Finlay im Jahr 1847, zwei Jahre nach Erlan=
gung seiner Befähigung zu Agenturen in Bayern.

Hören wir nun zur Abwechslung die Worte desselben Autors
von 1845, ehe er im Besitz seines Exequaturs war.

Herr Finlay, welcher zu dieser Befähigung meiner Empfehlung bei
der königl. bayerischen Regierung bedurfte, theilte mir unterm
28. Mai 1845 das Resultat seiner Unterredung mit dem königl.
Regierungssekretär *** in * mit, dem er den Unterschied der von ihm,
Finlay, repräsentirten 16 Postschiffe, im Gegensatz zu gewöhnlichen
Kauffahrteischiffen, welche von seinem damaligen Konkurrenten,
Dr. Strecker in Mainz, in öffentlichen Blättern ebenfalls als Post=

ſchiffe bezeichnet worden waren, auf recht beredte Weiſe hervorzuheben
ſuchte, bei welcher Gelegenheit er ſich, jenem Regierungsbeamten
gegenüber, auf ein von mir und meinen übrigen hieſigen Kollegen
veröffentlichtes konſulariſche Zeugniß vom 21. April 1845 berief *.

* „Herrn W. Finlay, Spezialagenten der Poſtſchiffe zwiſchen Havre und
„Newyork, in Mainz.

„Havre, den 21. April 1845.

„Auf Ihre Anfragen vom 13. d. M. erwiedere ich Ihnen Folgendes:

„Sub N° 1. Ob irgend ein materieller Unterſchied zwiſchen den Ber.ennungen
„Packetſchiff“ und „Poſtſchiff“ exiſtire?

„Die Benennungen „Packetſchiffe“ und „Poſtſchiffe“ zwiſchen Havre und
„Newyork iſt gleichbedeutend und gehört ausſchließend denjenigen amerikani=
„ſchen Dreimaſtern, welche zwiſchen beiden Plätzen, an beſtimmten Tagen,
„nämlich am 1., 8., 16. und 24. eines jeden Monats regelmäßig abfahren,
„und mit denen zugleich die Korreſpondenz befördert wird. Dieſe Packetſchiff=
„oder Poſtſchifflinie beſteht ſeit länger als 20 Jahren, und ihr Dienſt wird
„durch 16 Schiffe unterhalten, welche zu den ausgezeichnetſten Fahrzeugen der
„amerikaniſchen Handelsmarine gehören. (Folgen die ſechszehn Namen der=
„ſelben.)

„Sub N° 2. Ob zwiſchen Havre und Newyork noch andere Packetſchiffe
„fahren, als jene, deren Agent Sie ſind?

„Dieſe Frage beantworte ich unbedingt mit Nein. Zwar kommen vom
„Januar bis zum Juni noch viele andere amerikaniſche Fahrzeuge aus den
„verſchiedenen Häfen der Vereinigten Staaten nach Havre, welche im Lauf
„dieſer Monate, als der lebhafteſten Einfuhrperiode, faſt ausſchließend Baum=
„wolle hieher führen; allein da dieſe Schiffe keine regelmäßige Fahrt zwiſchen
„Newyork und Havre, noch zwiſchen Havre und Newyork bilden, ſondern ihre
„zufällige Anweſenheit in Havre blos benützen, um ſtatt mit Ballaſt nach
„den Vereinigten Staaten zurückzufehren, jede, auch die unbedeutendſte Rück=
„fracht an Stückgütern und Auswanderern nach Newyork und Neworleans
„mitzunehmen, ſo wäre es ein gefliſſentlicher Irrthum, und eine ſtrafbare
„Spekulation auf die Unwiſſenheit des reiſenden Publikums, wenn Jemand
„für dieſe zufällige und vorübergehende Rückfrachts=Konkurrenz zu Gunſten der
„erwähnten unregelmäßigen Fahrzeuge, die Benennung von „Newyorker
„Packetſchiffen“ oder „Poſtſchiffen“ uſurpiren wollte. Jedem einzelnen

Herr Finlay schrieb mir:

„Ich habe Ihr Zeugniß dem Herrn Regierungssekretär *** mit=
„getheilt, welcher mir erlaubte, dasselbe zu veröffentlichen. Am
„23. dieses kam ich wieder nach *, und las zu meinem Erstaunen in
„der *r Zeitung vom 20. Mai dieselbe Anzeige des **Dr. S.** in Be=
„zug auf seine dreimastigen Packetschiffe. Ich drückte sogleich
„Herrn *** mein Erstaunen über seine Zulassung dieser Anzeige aus,
„nachdem er von Ihrem Brief vom 21. April unterrichtet gewesen
„sei. Er erwiederte mir, daß ihm der Gegenstand selbst fremd sei,
„und daß die Regierung wahrscheinlich eine deßfallsige Untersuchung
„anordnen würde. Ich bemerkte ihm hierauf, daß er sich vor dieser
„Untersuchung doch vor Allem von Ihrem Brief hätte leiten lassen
„sollen, statt den interessirten Angaben des **Dr. S.** und seiner Freunde
„Glauben zu schenken, daß Ihr Brief den Stempel einer
„völligen Unparteilichkeit trage, und mit vieler Umsicht
„und richtiger Beurtheilung der Sache abgefaßt sei, daß ein solches
„Dokument, ausgestellt von einem Konsul Sr. K. M. bei der königl.
„Regierung in * doch gewiß von Gewicht sein müsse, daß die Sache
„von größerer Wichtigkeit sei, als er, Herr ***, sie anzusehen schiene,
„daß diese Usurpirung des Namens Packetboot von
„Havre nach Newyork nicht blos die Auswanderer, son=
„dern auch die Verschiffer von Waaren in Irrthum
„leiten könne u. s. w., daß die Folgen so falscher An=
„gaben nur von Personen, welche vollkommen mit den

„dieser Kauffahrteischiffe alle Eigenschaften der Tüchtigkeit für Passagierbeför=
„derungen absprechen zu wollen, wäre unbillig; im Gegentheil lassen viele
„derselben in dieser Hinsicht nichts zu wünschen übrig; indessen können solche,
„in Bezug auf Einrichtung für Reisende und auf schnelle Fahrten, mit den
„Eingangs erwähnten 16 eigentlichen Postschiffen oder Packetschiffen keinen
„Vergleich aushalten.

„Der königl. bayerische Konsul,

„gez. H. Meinel.“

Aehnliche Zeugnisse wurden gleichzeitig von dem königl. preußischen, und den
großherz. badischen und hessischen Konsuln ausgestellt.

„Seegeschäften vertraut wären, gehörig gewürdigt
„werden könnten, daß die Sorgfalt, welche der königl.
„Konsul in Havre auf die Redaktion seines Briefes
„verwendet hätte, den Beweis liefere, daß derselbe in
„der Sache etwas ganz anderes erblicke, als eine bloße
„Namensfrage. Ich bestand mit einem Wort sehr auf
„der hohen Autorität Ihres Briefes über diese Ma=
„terie." Der übrige Theil von Herrn Finlay's Brief ist von Be=
sorgnissen angefüllt über den Schaden, den ihm Dr. Strecker (dessen
Befähigung zu Agenturen in Bayern erst zwei Monate später aufge=
hoben wurde) durch seine Abschlüsse auf „dreimastige Packetschiffe"
(von Herrn Finlay selbst ein Jahr später „Reserveschiffe" genannt)
zufügen könne. Es wird sich vielleicht weiter unten zeigen, durch
welche Sünden der kaufmännische Konsul von 1845 die demselben
von Herrn Finlay damals zugestandene Kompetenz verscherzte!

Gegen Herrn Finlay's Vorwurf, daß ich seinem Vorgänger, dem
Dr. Strecker in Mainz, so lange derselbe unter der Leitung des hiesi=
gen Postschiffsagenten, Herrn Barbe, stand, nebenbei die Befähigung
zu Verträgen mit Auswanderern für gewöhnliche Kauffahrtei=
schiffe eingeräumt hätte, ihm, Finlay, dieselbe jedoch standhaft ver=
weigere, und gegen Herrn Finlay's Kritik meiner konsularischen
Reklamationen gegen verschiedene, ihm seit zwei Jahren zur Last
gelegte, Unregelmäßigkeiten, lasse ich mich ebenfalls von Hrn. Finlay
selbst vertheidigen. Unterm 23. Juni 1845 theilte er mir seine Unter=
redung mit Sr. Excellenz, dem Hrn. Regierungspräsidenten von * in *
mit, an welchen er sich, Behufs der Anstellung von Unteragenten
in dessen Regierungsbezirk, gewandt hatte. Ich kopire den Text von
Herrn Finlay's Brief an mich, den ich der besondern Aufmerk=
samkeit des deutschen Publikums empfehle:

„Eine Bemerkung des Herrn Präsidenten gab mir Veranlassung in
„viele Details, bezüglich auf die in der Auswanderungsagentur der
„Packetboote eingeführten Veränderungen, einzugehen. Ich theilte
„ihm den ganzen Hergang mit, schilderte ihm die Vorstel=
„lungen, welche von dem königl. bayerischen Konsul
„in Havre an die Konsignatäre der Packetboote gemacht

„wurden, und daß, in Folge dieser Vorstellungen, eine
„unmittelbar von den Konsignatären und Eigenthümern der Packet=
„boote abhängige Spezialagentur in Mainz errichtet worden sei,
„welche zur Aufgabe erhalten hätte, nicht nur die Interessen der
„Eigenthümer, sondern auch die der Auswanderer zu beschützen, daß
„Letztern dadurch die Ueberfahrt an Bord der Packet=
„boote zu mäßigen Preisen, und Erstern der ganze Gewinn
„dieser Preise gesichert würde, daß vor Errichtung dieser Spezial=
„agentur die Sachen sich wie folgt verhalten hätten. Der Agent
„in Deutschland hätte sich sehr hohe Ueberfahrtspreise
„bezahlen lassen, die Auswanderer wären jedoch un=
„geachtet dieser hohen Preise niemals sicher gewesen,
„an Bord eines Packetboots eingeschifft zu werden.
„Bei ihrer Ankunft in Havre wären sie im Gegentheil,
„oft gezwungen worden, sich auf gewöhnliche Kauf=
„fahrteischiffe einschiffen zu lassen, der Spezialagent
„in Havre (Herr Barbe) wäre zugleich Befrachter sol=
„cher Kauffahrteischiffe, und sein Nutzen auf solche
„Befrachtungen ungleich bedeutender gewesen, als ihm
„seine Kommission auf die von ihm den Packetbooten
„verschafften Auswanderer eingebracht hätte, in Folge
„dieser fehlerhaften Organisation wäre es natürlich
„gewesen, daß der Agent in Havre alle möglichen Vor=
„theile aus seiner Stellung zog, indem er während
„der 4 bis 5 Monate, wo in der Regel billige Befrach=
„tungen in Havre zu bewerkstelligen sind, viele Aus=
„wanderer nach Havre lockte, dieses hätte zur Folge
„gehabt, daß von Ende Juli an den Packetbooten keine
„Auswanderer mehr geblieben wären. Eine andere Quelle
„von Verlüsten für die Eigner der Packetboote wäre aus der unab=
„hängigen Stellung der deutschen Agenten, sowohl von dem
„Spezialagenten in Havre als von den Eigenthümern selbst, ent=
„sprungen. Diese Agenten hätten die Auswanderer, von
„denen sie sich recht hohe Preise hätten bezahlen lassen,
„zu von ihrer eignen Willkür bestimmten (niedrigern)

„Preifen an den Spezialagenten (Herrn Barbe in Ha=
„vre) abgeliefert, fo daß fie fich z. B. von den Aus=
„wanderern (von Mainz aus) 65, 70 bis 75 Gulden"
(Herr Finlay nennt dieß fchon recht hohe Preife!) „vergüten
„laffen, und gleichwohl dem Havre Agenten dafür nur
„50 bis 52 Gulden in Rechnung brachten. Diefe Agen=
„ten, um fich mehr Gewicht bei den Auswanderern zu
„verfchaffen, hätten den Titel von „Verein zur Be=
„förderung deutfcher Auswanderer nach Nordamerika"
„angenommen, welcher Titel allein der bayerifchen
„Regierung gerechtes Mißtrauen einflößen müffe, da
„die Aktion und das Intereffe diefes Vereins denfel=
„ben überall zur Anreizung zur Auswanderung an=
„triebe — —! Ich fuhr darauf in meinen Angaben weiter fort,
„und bemerkte ihm, daß, um diefe wichtige Angelegenheit zu ordnen,
„die Konfignatäre in Havre, im Intereffe der Auswanderer und der
„Packetbootseigner, zwei Prinzipe aufgeftellt hätten, welche
„der Spezialagentur in Deutfchland (Herrn Finlay) zur Bafis
„dienten:

1) „Daß diefe Agentur unmittelbar von den Eigenthümern der
„Packetboote abhängig wäre, und kein Intereffe in den
„Befrachtungen von Kauffahrteifchiffen nehmen
„dürfe;

2) „Daß alle von diefer Agentur oder ihren Unteragenturen ge=
„fchloffenen Ueberfahrtskontrakte von den Konfignatären ga=
„rantirt würden, oder mit andern Worten, daß diefe Kontrakte
„mit Verträgen der Konfignatäre felbft gleichbedeutend wären,
„daß folglich der in diefen Verträgen angegebene Ueberfahrts=
„preis den Konfignatären, als Bevollmächtigten der Eigen=
„thümer gefichert wäre, und daß die für den Transport der
„Auswanderer von Mainz nach Havre abgehenden Spefen von
„der Spezialagentur den Konfignatären befonders berechnet
„würden.

„Ich fügte hinzu, Se. Excellenz müßten fich überzeugen, daß es
„unmöglich wäre, die Auswanderungs=Angelegenheiten auf einen

„regelmäßigern und befriedigendern Fuß zu begründen, besonders
„in Bezug auf die Auswanderer, daß Letztere auf diese Weise
„ihre Kontrakte eigentlich mit fünf der respektabelsten Häuser in
„Havre schlössen, welche ihnen die Ueberfahrt auf Packetbooten
„zusicherten, die unmittelbar unter ihrer Obhut ständen. Die Kon=
„signatäre und Eigenthümer dieser Packetboote müß=
„ten sehr wohl, daß sie für diesen Frachtgewinn von
„der guten Meinung der deutschen Regierungen ab=
„hängig wären, und daß wenn sie den guten Rath der
„deutschen Konsule, und insbesondere des bayerischen
„Konsuls folgten, welcher sich stets warm der Aus=
„wanderung angenommen hätte, sie einen glänzenden
„Beweis lieferten, wie viel ihnen an der guten Mei=
„nung und dem Schutze dieser Regierungen läge.

„Ich hatte große Lust, dem Herrn Präsidenten noch zu bemerken,
„daß ich in der Ueberzeugung, meinen Zweck für die Packetboote nur
„durch die günstige Meinung der Regierungen zu erreichen, seit dem
„Anfang meiner Agentur allen meinen Unteragenten zur Pflicht ge=
„macht habe, nur Auswanderer zu engagiren, welche Erlaubniß er=
„halten hätten, auszuwandern, und dagegen alle diejenigen, welchen
„abzüglich der Ueberfahrtskosten nichts mehr in der Tasche bliebe,
„zu bewegen zu suchen, lieber in ihrem Lande zu bleiben, als sich in
„einem fremden Lande, ohne Eltern noch Freunde, einem weit größern
„Elend auszusetzen, daß ich keinen einzigen Auswanderer
„nach Neworleans engagirt habe, weil ich sie nicht in
„der heißen Jahreszeit an einen Ort senden möchte,
„wo sie beinahe sicher wären, ihr Grab zu finden, daß
„ich glauben dürfte, mehrere hätten meinem Rath ge=
„folgt, und ihre Abreise auf den Herbst verschoben, daß
„man mir jedoch von Havre geschrieben hätte, der
„Verein habe eine große Anzahl nach Neworleans enga=
„girt, welche von Herrn Barbe während des ganzen
„vorigen Monats (Mai) eingeschifft worden wären. Ich
„will damit Herrn Barbe nicht unrecht thun, da mir Lemaitre
„Courteville und Komp." (Nachfolger des Herrn Barbe in der Post=

schiffsagentur in Havre, und als solche Korrespondenten des Herrn Finlay) „ebenfalls geschrieben haben, und noch schreiben, ihnen „Auswanderer für Neworleans zu senden, allein im Bewußtsein „meiner Pflichten gegen meine Nebenmenschen habe ich „allen meinen Agenturen strikte Ordre gegeben, nach Neworleans „nur Verträge von Anfang Septembers an zu schließen, so daß die „Auswanderer daselbst erst nach den ersten Frösten eintreffen kön= „nen *). Ich hatte, wie gesagt, große Lust, dieses Alles dem Herrn „Präsidenten zu bemerken, allein es hätte zu sehr einem „Eigenlob geglichen, ich schwieg deßhalb stille.

„Gez. Washington Finlay."

Man sieht wie dieser verkannte Menschenfreund im Jahr 1845 dachte, als es sich für ihn darum handelte, den bayerischen Behörden Vertrauen einzuflößen. Auf seine Versprechungen hin, und nach der Revokation der Befähigung des **Dr.** Strecker, ertheilte die königl. bayerische Regierung, im Sommer 1845, Herrn Finlay das Exequa=

---

*) Hier nur beiläufig, was von diesem Eigenlob des Herrn Finlay zu halten ist. Herr Finlay hat vollkommen Recht, wenn er annimmt, daß das Klima von Neworleans in den Monaten Juli und August auf europäische Ankömmlinge zum Theil tödtlich wirkt. Kein bayerisches Konsulat würde deßhalb Kontrakte für Abfahrten dahin im Mai und Juni legalisiren. Gleichwohl schlossen dieses Jahr Agenten des Herrn Finlay außerhalb Bayern Verträge nach Neworleans für Abfahrten von Havre am 24. Mai, und zwar zum Preis von 120 Gulden ab Bingen. Verschiedene der Angeworbenen, nach ihrer Ankunft in Havre, auf die Gefahren einer so späten Landung in Neworleans aufmerksam gemacht, zogen vor sich nach Newyork einzuschiffen, Andere ihre Verträge ganz aufzuheben. Allein die Letztern erhielten von Herrn Finlay's Korrespondenten blos die Hälfte des an die Agenten voraus bezahlten Ueberfahrtspreises zurück, d. h. abzüglich der Spesen von Mainz hieher, blos 50 Gulden, indem sie auf die andere Hälfte, als gesetzliche Penalität für freiwilligen Kontraktbruch, verzichten mußten! Dürfte man nach einem solchen Beispiel annehmen, daß alle Agenten des Herrn Finlay die Auswanderer auf die Ge= fahren so später Abreise aufmerksam machen, und ihnen aus Menschlichkeit Schiffe ver= weigern würden? In diesem Falle würden sie ja ihre Agenturspesen einbüßen, und Herr Finlay die seinigen!

tur zur Bestellung von Agenten in Bayern, um bayerische Auswan=
wanderer für die von ihm repräsentirten sechzehn Packetboote zu
engagiren.

Wer hätte vermuthen können, daß Herr Finlay schon im Früh=
jahr 1846 seinen Versprechungen untreu werden würde. Ganz
Deutschland erinnert sich des vorjährigen Unfugs seiner sogenannten
„Reserveschiffe," d. h. gewöhnlicher Kauffahrteischiffe, welche von
dem Hause Lemaitre Courteville und Komp. in Havre, Agenten der
Packetboots=Konsignatäre, mit geheimer Bewilligung der letztern
(ungeachtet Herrn Finlay's Behauptung des Gegentheils in seinem
so eben veröffentlichten Briefe) befrachtet, und worauf die Auswan=
derer nach wochen= ja oft nach monatlangem Warten, gegen noth=
dürftige Entschädigung, und bisweilen nach dem hartnäckigsten
Widerstand jenes Hauses, diese Entschädigung zu entrichten, einge=
schifft wurden, nachdem ihnen Herrn Finlay's Agenten in Deutschland
vorgespiegelt hatten, daß die genannten Reserveschiffe gleichzeitig
mit den Packetbooten hier in See gehen würden, blos um gleiche
Ueberfahrtspreise als für die Postschiffe mit bestimmter Abfahrtsfrist
dafür zu erhalten, nnd dadurch den Herrn Lemaitre Courteville
und Komp. für das eventuelle Wartegeld zum Voraus wieder Ersatz
zu verschaffen. War Angesichts dieser Unregelmäßigkeiten, und eines
so förmlichen Wortbruchs, meine vorjährige konsularische Warnung
vom 12. Juni 1846, und der gleichzeitige Erlaß des Ministeriums des
Innern vom 14. Juli, welcher Herrn Finlay's Operationen wieder
auf Verträge für die sechzehn Packetboote zurückführte, etwa ein un=
befugtes Einmischen in Herrn Finlay's Geschäftsbetrieb, ohne andere
Tendenz als ihm einen bösen Leumund zu machen?

Gegen den mir von Herrn Finlay in seiner Broschüre gemachten
Vorwurf, daß ich während der Leitung des Herrn Barbe, Vorgängers
des Hauses Lemaitre Courteville und Komp., Beförderungen mit solchen
Kauffahrteischiffen, als Vollziehung von Kontrakten auf Packetboote,
geduldet hätte, ihm jedoch aus Parteilichkeit die Befugniß dazu ab=
spräche, schützt mich ebenfalls Herrn Finlay's eignes Zeugniß in
seinem Brief vom 23. Juni 1845, denn es ist vollkommen gegründet,
daß ich schon im Jahr 1844 bei den hiesigen Konsignatären der

sechzehn Packetboote gegen dergleichen vertragswidrige Substitutionen energisch protestirt, und daß letztere, meinen Reklamationen Gehör gebend, mir eben Herrn Finlay's Anstellung in Mainz als eine radikale Reform in der Organisation des Packetbootsdienstes, im Interesse der Auswanderer, angepriesen hatten.

Bemerkte ich in derselben Warnung (vom 12. Juni 1846), daß ich Verträge des seit 1845 vom Packetbootsdienst unabhängig gewordenen Herrn Barbe, welche in neuerer Zeit durch dessen Agenten in Weißen= burg auf Kauffahrteischiffe geschlossen wurden, von meinem konsularischen Visum nicht ausschlösse, so war der Grund hievon ganz einfach. Als bayerischer Konsul kann ich ein französisches Haus, welches für gut findet in einer französischen Grenz= stadt sein Domicilium aufzuschlagen, nicht hindern, mit dahin kommenden bayerischen Auswanderern für gewöhnliche Kauf= fahrteischiffe Geschäfte zu machen. Herr Barbe unterwarf sich überdieß stets einem gewissen Preismaximum. Dem Auswanderer geschah deßhalb mit meiner Intervention für der= gleichen in Frankreich geschlossene Kontrakte ein wesentlicher Dienst, denn er durfte bei etwaiger Nichterfüllung der Vertrags= bedingungen auf meinen konsularischen Beistand rechnen. Herr Fin= lay hatte folglich Unrecht in dieser meiner Art zu handeln, Wider= sprüche oder Verwirrungen zu erblicken, während ihn sein eignes Schamgefühl hätte hindern sollen, meinen Brief vom 7. Juni d. J. an das Haus Paillette und Komp. in Havre, Nachfolger der Herren Lemaitre Courteville und Komp., als vermeintlichen Beweis dieser Widersprüche zu veröffentlichen *).

---

*) In diesem Brief reklamirte ich nämlich, gegen den Versuch dieses Hauses, 63 bayerische Auswanderer, deren vorläufige Kontrakte ich im März für das Postschiff vom 8. Juni visirt hatte, mit einem erst später segelnden Kauffahrteischiff zu befördern, und jeder Unparteiische, von den eigentlichen Verhältnissen unterrichtet, wird meine Indignation begreifen. Diese 63 Auswanderer waren nämlich von Hrn. Fin= lay's Agenten zu den Februar= und März=Preisen von 70 und 80 Gulden von Mainz aus engagirt worden, sie waren am 2. Juni in Havre eingetroffen, und konnten folglich auf das Postschiff vom 8. Juni eingeschifft werden, man muthete ihnen jedoch zu, andern

Das Reserveschiffsystem hatte unter der Spießruthe zu laut gewordenen Tadels, und des positiven Verbots der königl. bayerischen Regierung vom 14. Juli 1846, den Geist aufgegeben, es mußte daher ein anderes Mittel erfunden werden, um bayerische Auswanderer, welche Herrn Finlay's Agenten den noch immer bestehenden Vorordnungen gemäß nur für die sechzehn Packetboote engagiren können, auf eine sinnreiche Weise den Kauffahrteischiffen des Hauses Paillette und Komp. zu überliefern. Die amerikanische Kongreßakte vom 2. März bot diese Gelegenheit dar.

Durch diese Akte wurde der nach dem alten Gesetz in den sechzehn Packetbooten für ihre jährlichen 48 Reisen vorhandene Raumgehalt von 13,500 Köpfen auf etwa 11,000 Köpfe reduzirt, oder monatlich für 4 Reisen auf etwa 900 statt früherer 1,125 Köpfe.

Herr Finlay brauchte daher im schlimmsten Fall für die Monate April und Mai von den Konsignatären der Packetboote blos ein Schiff monatlich als Aushülfe befrachten zu lassen, nm in Folge jener unvorhersehbaren Zufälligkeit die gegen das neue Gesetz für seine Packetboote monatlich zu viel engagirten 225 Auswanderer zu befördern.

Ich sage im schlimmsten Fall, denn es ist bekannt, daß die amerikanische Regierung das Beneficium des alten Gesetzes auf alle Schiffe ausdehnte, welche vor dem 31. Mai aus europäischen Häfen mit Auswanderern nach den Vereinigten Staaten expedirt worden waren.

Auswanderern Platz zu machen, welche nach ihnen, mit erst im Mai geschlossenen Kontrakten zu 120 Gulden, angekommen waren. Um diese Ungerechtigkeit zu bemänteln, hatte man jenen 63 bei ihrer Abreise aus der Heimath in den definitiven Kontrakten (welche mit den von mir visirten buchstäblich hätten übereinstimmen sollen) die Abreise von Havre „mit den Postschiffen vom 5. und 10. Juni" ausgefüllt, augenscheinlich um bei dem Konsul oder nöthigenfalls bei dem hiesigen Handelsgericht die Meinung zu akkreditiren, daß diese Auswanderer schon ursprünglich für ein gewöhnliches Kauffahrteischiff engagirt waren, da es keine Postschiffe vom 5. und 10. Juni gibt, sondern nur welche für Abfahrten am 1., 8., 16. und 24. eines jeden Monats. Eine andere Episode, auf welche ich am Schlusse dieses Briefes anspielte, hatte Herr Finlay ebenfalls Interesse, nicht verlauten zu lassen! —

Allein Herr Finlay hatte nach seiner eigenen Angabe vom 8. März bis 15. Juni 6,437 Passagiere oder monatlich 2,000 Köpfe engagirt, wovon folglich in jedem Fall 900 Köpfe, worunter die Mehrzahl aus Bayern bestand, mit gewöhnlichen Kauffahrteischiffen befördert werden mußten, indem selbst nach dem alten Gesetz die vier Packetboote monatlich blos 1,125 Köpfe einnehmen konnten.

Hatte ich nun Unrecht, wenn ich Herrn Finlay in meiner dies= jährigen Warnung vorwarf, daß die Erscheinung der amerikanischen Kongreßakte ihm eine erwünschte Gelegenheit darbot, seine aber= maligen unerlaubten Abschlüsse für Kauffahrteischiffe, welche das in Bayern durchaus nicht konzessionirte Haus Paillette und Komp. erst nach dem Eintreffen der Auswanderer hier spekulationsweise befrach= tete, zu bemänteln?

Durfte überhaupt Herr Finlay sich bei der bayerischen Regierung ein Verdienst daraus machen, daß er dergleichen Akkorde, welche er, in Betracht seiner ausschließend auf die sechzehn Packetboote lau= tenden Konzession, nur als Contrebandier in Bayern schließen konnte, bei der Erfüllung derselben hier nicht im Stich ließ?

Bei der Wichtigkeit, welche Herr Finlay seinen Frachtoperationen aufzudrücken sucht, dürfte man wähnen, daß ihm von sämmtlichen deutschen Regierungen die Verbindlichkeit auferlegt worden wäre, alljährlich eine bestimmte Anzahl ihrer Landeskinder, etwa 20,000 Köpfe, von Havre aus nach den Vereinigten Staaten zu befördern, und daß, weil auf seinen sechzehn Packetbooten, in ihren jährlichen acht und vierzig Reisen, nur die Hälfte dieses Quantums Platz finden kann, dieselben Regierungen ihm die stillschweigende Befugniß eingeräumt hätten, die andere Hälfte oder selbst zwei Drittheile mit gewöhnlichen Kauffahrteischiffen wegzuschaffen.

Eine solche Annahme wäre in jeder Hinsicht falsch.

Kein ähnlicher Vertrag bindet Herrn Finlay an irgend eine dieser Regierungen.

Alle seinen Operationen sind freiwillig.

Auf welche Weise er jedoch den ihm für die sechzehn Packetboote zugestandenen Wirkungskreis auch auf Verträge für dergleichen Kauf=

fahrteischiffe seit 1846 auszudehnen sich bemühte, verdient hier aus=
führlicher entwickelt zu werden.

Wie bereits bemerkt wurde Herr Finlay im Januar 1845 von den
Newyorker Eignern der sechzehn Packetboote als ihr Spezialagent
in Mainz angestellt, um mit Hülfe der seitdem von ihm ernannten,
und von verschiedenen Regierungen anerkannten Unteragenten Plätze
auf diesen Packetbooten an Auswanderer kopfweise zum Voraus zu
vermiethen.

Gleichzeitig stellten ihm die fünf hiesigen Korrespondenten oder
Konsignatäre der Newyorker Eigner dieser sechzehn Packetboote, die
Herren J. B. Greene und Komp., Pitray und Sohn, Gebrüder
Quesnel und Komp., Bonnaffé und Komp., und Wiel und Durand,
eine öffentliche Erklärung aus, worin dieselben die von Herrn Finlay
und seinen Unteragenten mit Auswanderern für Ueberfahrten m i t
d i e s e n Packetbooten geschlossenen Akkorde, als von ihnen (jenen
fünf Häusern) selbst geschlossen anerkannten.

Diese öffentliche Beglaubigung war nöthig, um Herrn Finlay,
der alle Kontrakte in seinem Namen, als Spezialagent der Packet=
boote zwischen Havre und Newyork, ausstellen, und von seinen Unter=
agenten die Ueberfahrtsgelder von den Auswanderern zum Voraus
einkassiren läßt, beim auswandernden deutschen Publikum als z a h =
l u n g s f ä h i g einzuführen.

In demselben Sinn hatte ich ihm, bereits unterm 16. Dez. 1844,
ein konsularisches Certifikat ausgestellt, und der hiesige königlich
preußische, so wie der großherz. hessische Konsul ähnliche Certifikate
unterm 23. Dezember 1844.

Unter solchen Auspizien, und nach seinen damit übereinstimmenden
Versprechnngen, wovon Herrn Finlay's Briefe an mich, vom
Jahr 1845, das beste Zeugniß liefern, erhielt derselbe für den aus=
schließenden Zweck von Verträgen für die von ihm repräsentirten
sechzehn Packetboote, im Jahr 1845, seine Konzessionen. Der wört=
liche Text seines Exequaturs für das Königreich Bayern erkennt ihn
ebenfalls in keiner andern Eigenschaft an.

Allein eine so beschränkte Sphäre genügte weder seinen höher
fliegenden Ideen, noch dem zahlreichen Heer von Agenten, welche er

auf allen Punkten Süddeutschlands, der Schweiz und der französischen Ostgrenze angestellt hatte. Seine sechzehn Packetboote konnten, wie bereits bemerkt, alljährlich blos 13,500 Passagiere befördern, und selbst diese Zahl drohte, sich im Jahr 1846 blos auf 9,500 Köpfe vom 1. März bis Ende Novembers, Hauptepoche der Auswanderung, zu reduziren. Ein anderes Feld eröffnete ihm das Bedürfniß Vieler, nach Neworleans statt nach Newyork auszuwandern. Die Noth in Deutschland nahm täglich zu, und in gleichem Grade der Andrang zur Auswanderung. Konnte Herr Finlay allen diesen Lockungen widerstehen?

Ich bestreite keinen dieser Gründe.

Für die deutschen Konsulate in Havre kamen indessen noch andere in Betracht, welche ihnen die Untersuchung aufdrangen:

„ob Herr Finlay vor Allem befugt war, seine konkurrenzlose „Stellung für Havre in Deutschland, und den Einfluß den ihm „seine Eigenschaft als sogenannter Generalagent der Postschiffe „bei unwissenden Auswanderern verschafft, zu benützen, um an „der allmälig von ihm ausgebildeten künstlichen Steigerung „der Ueberfahrtspreise, auch gewöhnliche Kauffahrteischiffe Theil „nehmen zu lassen, welche mit den Postschiffen oder Packetbooten „durchaus keine bestimmte Abfahrtsfrist gemein haben, während „ihre Befrachter, als bloße Spekulanten den Auswanderern „durchaus nicht dieselben Garantien darbieten, welche man nur „bei den Eigenthümern eines regelmäßigen Packetbootsdienstes „mit bestimmter Abfahrtsfrist anzunehmen berechtigt ist.“

Diese Betrachtungen stützten sich auf den Umstand, daß die eben genannten fünf Konsignatäre der sechzehn Packetboote durch einen gleichzeitigen Geheimtraktat, der keine Veröffentlichung erhielt, gleich ihrer Erklärung vom 31. Januar 1845, ihren hiesigen Einschiffungs= agenten, dem Hause Lemaitre Courteville und Komp., welchem seit dem 1. Januar 1847 das von Paillette und Komp. folgte, die Be= fugniß eingeräumt hatten, gewöhnliche Kauffahrteischiffe spekulations= weise zu befrachten, um damit die Mehrzahl der Auswan= derer zu befördern, welche nach deren Ankunft den

kompleten Schiffsraum der zuerst segelnden zwei Packetboote überstiege.

Das Motiv dieses Traktats ist leicht begreiflich.

Den Packetbootseignern mußte daran liegen, für ihre Postschiffe
eine stets volle Fracht an Answanderern zu machen, und nebenbei
jede Konkurrenz von Kauffahrteischiffen durch Aufnahme derselben
in ein gemeinsames Band und Koalitionsverhältniß zu zerstören.
Das Haus Lemaitre Courteville und Komp. in seine sechs Theilhaber
aufgelößt, hätte den Packetbooten eben so viele Konkurrenten er-
weckt.

Wenn Herr Finlay in seiner Broschüre bemerkt, daß
„ein so großartiges Geschäft tüchtiger Direktoren (?) bedarf,
„und er nicht im entferntesten einsähe, wie man den ganz
„natürlichen Mechanismus einer solchen Association zu einem
„Verdächtigungsgrund hervorheben könne,"
so vergißt derselbe, was er mir am 23. Juni 1845 in Bezug auf
ähnliche Operationen des Herrn Barbe, Vorgängers des Hauses
Lemaitre Courteville und Komp., gegen welche ich nach Herrn Finlay's
eignem Geständniß bereits früher reklamirt hatte, schrieb:
„der Agent in Deutschland hätte sich sehr hohe Ueberfahrtspreise
„bezahlen lassen, die Auswanderer wären jedoch ohngeachtet
„dieser hohen Preise niemals sicher gewesen, an Bord eines
„Packetboots eingeschifft zu werden. Bei ihrer Ankunft in
„Havre wären sie im Gegentheil oft gezwungen worden, sich auf
„gewöhnliche Kauffahrteischiffe einschiffen zu lassen, der Spe-
„zialagent in Havre" (Herr Barbe) „wäre zugleich
„Befrachter solcher Kauffahrteischiffe, und sein
„Nutzen auf solche Befrachtungen ungleich bedeu-
„tender gewesen, als ihm seine Kommission auf
„die von ihm den Packetbooten verschafften Aus-
„wanderer eingebracht hätte, in Folge dieser
„fehlerhaften Organisation wäre es natürlich
„gewesen, daß der Agent in Havre alle möglichen
„Vortheile aus seiner Stellung zog, indem er
„während der 4 bis 5 Monate, wo in der Regel

„billige Befrachtungen in Havre zu bewerkstelligen
„sind, viele Auswanderer nach Hovre lockte, dieses
„hätte zur Folge gehabt, daß von Ende Juli an
„den Packetbooten keine Auswanderer mehr geblie=
„ben wären."

Und wenn Herr Finlay vollends die Behauptung aufstellt:
„daß wenn die Agenten keine Ueberfahrtsverträge für Dreimaster
„(oder gewöhnliche Kauffahrteischiffe) schlössen, den Auswan=
„derern keine andere Wahl bliebe, als sich auf die Postschiffe zu
„beschränken, wodurch dann eben das Monopol für letztere
„begründet würde, welches ich so eifrig verhindern wollte,"

könnte in Gegenwart dieser von Herrn Finlay sich aus eigner Macht=
vollkommenheit beigelegten Konzentrirung der Befähigung zu Ab=
schlüssen auf „Packetboote" und „gewöhnliche Dreimasterschiffe"
in seinen Händen, dem Befangensten noch irgend ein Zweifel bleiben
über die wahren Motive seines Widerstands gegen ein temporäres
Preismaximum, durch welches ich den nachtheiligen Effekt dieses
Monopols auf die Tasche des Auswanderers wenigstens theilweise
zu mildern suchte, als einzigem Damm gegen Herrn Finlay's will=
kürliche Preisansprüche, und als Gegengewicht für den Abschluß=
zwang, welchem man den unwissenden deutschen Auswanderer mit
Agenten in seiner Heimath unterwirft? Fernere Belege weiter unten
werden für Jedermann die Ueberzeugung begründen, daß Herrn
Finlay's beßfallsige Einwendungen (Seite 19 seiner Broschüre)
eigentlich blos bezwecken, den unvermeidlichen Effekt seiner unvor=
sichtigen Uebernahmen, bei momentaner Entbehrung disponibler
Beförderungsgelegenheiten, der vermeintlichen Unsicherheit in meinen
Preiswürdigungen anzudichten.

Berücksichtigt man ferner die Form seiner Schiffsakkorde auf
„Dreimasterschiffe *)," welche sämmtlich in seinem Namen ausgestellt
werden, und wie folgt lauten:

---

*) In seiner Broschüre giebt Herr Finlay blos das Model seiner Kontrakte auf „Post=
schiffe," nicht aber dasjenige seiner Akkorde auf dergleichen „Dreimaster" oder gewöhnliche
Kauffahrteischiffe.

„Ich unterzeichneter Washington Finlay, Spezialagent der
„Eigenthümer der Packetboote (Postschiffe) zwischen Havre und
„Newyork, und Generalagent anderer Fahrgelegen=
„heiten nach Norbamerika, verpflichte mich in
„letzter Eigenschaft, 2c., 2c.,"

so wird man unwillkürlich, außer dem bereits erwähnten, noch auf ein
anderes Motiv der Geheimhaltung jenes Traktats zwischen den
fünf Konsignatären der sechzehn Packetboote und dem Hause Lemaitre
Courteville und Komp. (welchem seit 1847 das von Paillette u. Komp.
folgte) hingeführt. Es wird nämlich klar, daß, da beide Häuser,
außer ihren Funktionen als Einschiffungsagenten der sechzehn Packet=
boote, für Hrn. Finlay's Verträge auf gewöhnliche Kauffahrtei=
schiffe, ein von dem Postschiffsdienst ganz unabhängiges Privat=
geschäft zu betreiben beabsichtigten, die genannten Konsignatäre,
welche in ihrer Erklärung vom 31. Januar 1845 nnr für Herrn Fin=
lay's verträge für ihre Packetboote zu haften versprachen, den=
noch Anstand nahmen, diese ihre Garantie auch auf
die von ihnen scheinbar blos geduldeten Frachtspeku=
lationen ihrer Agenten auf Kauffahrteischiffe auszu=
dehnen. Es verdient deshalb Erwähnung, daß für Kontrakte auf
Postschiffe die Auswanderer für ihre Vorausbezahlung der Ueber=
fahrtsgelder, außer der vollkommen genügenden Garantie der Packet=
bootseigner und Konsignatäre, sogar in den Postschiffen selbst ein
Unterpfand besitzen würden, während sie sich für Kontrakte auf von
dem Hause Paillette nnd Komp. blos gemiethete Kauffahrteischiffe
oder Dreimaster mit der persönlichen Garantie des Herrn Finlay, und
seiner Patrone, Paillette und Komp., begnügen müßten ! —

Es wäre lächerlich von mir, den Grundsatz aufstellen zu wollen,
daß gewöhnliche Kauffahrteischiffe sich nicht eben so wohl zum Trans=
port der Auswanderer eigneten, als die 16 Packetboote des Herrn Fin=
lay, da es Thatsache ist, und aus den Beförderungen über Bremen,
Antwerpen, Rotterdam, u. s. w. einleuchtet, welche Häfen keine
eigentlichen Packetboote sondern nur Dreimasterschiffe ohne regelmäßige
Abfahrtsfrist besitzen, daß die Hauptmasse der Auswanderer
nur mit letztern befördert werden kann.

Aus Gründen, welche ich bereits in meinem Vorwort ausführlicher entwickelt habe, bin ich jedoch zur Ueberzeugung gekommen, daß Verschiffungen mit solchen Kauffahrteischiffen blos Gegenstand von Verträgen in den Häfen selbst werden können.

Im Jahr 1846 betrug die Auswanderung über Havre:

mit den 48 Packetbooten nach Newyork . . . . . 10,447 Köpfe,

„   121 Kauffahrteischiffen nach Newyork und

Neworleans . . . . 21,834 „

Während der Hauptepoche der Auswanderung, vom 1. März bis Ende Oktobers kamen auf je 1 Packetboot selbst 3 Kauffahrteischiffe, denn es gingen in diesem Zeitraum 1846 von hier in See 32 Packetboote gegen 92 Kauffahrteischiffe.

Hieraus folgt von selbst, daß in Havre die eigentliche Basis für die Bestimmung der Ueberfahrtspreise von der ungleich größern Mehrzahl solcher Kauffahrteischiffe ausgeht. Die Frachten sind niedrig, wenn die Tragfähigkeit der vorhandenen Retourschiffe den für die angekommenen Auswanderer erforderlichen Raum übersteigt, und sie steigen bei umgekehrtem Verhältniß.

Ich habe bereits erwähnt, auf welche Weise Herr Finlay, wenigstens theilweise, die Konkurrenz dieser Kauffahrteischiffe für seine Packetboote unschädlich zu machen wußte, und in der Koalition mit den Häusern Lemaitre Courteville und Komp. und Paillette und Komp. zugleich ein Mittel zur Vermehrung seiner Agenturspesen fand. Hören wir nun die von ihm angegebenen Motive, auf welche er seine diesjährigen Ansprüche auf recht hohe Preise zu gründen suchte.

Nach seiner Berechnung bliebe bei einem Engagement von

20 Erwachsenen zu 125 Gulden ⎫

7 Kindern zu   90 „   ⎬ von Mainz nach Newyork für

2 Säuglingen gratis ⎭

den Ueberfahrtspreis von Havre nach Newyork blos 175 Franken per Kopf.

Allein wie gelangt er zu diesem Resultat?

Er fängt damit an, von dem Bruttopreis der 125 und 90 Gulden seine von ihm blos zu 8 Gulden 6 Kreuzer per Kopf angeschlagenen

Agenturspesen in Abrechnung zu bringen, gleichsam als wür=
den diese Agenturspesen den Auswanderern auf vorstehende Preise
wieder vergütet. Es däucht mir jedoch, es könne den Auswanderern
gleichgültig sein, ob Herr Finlay den ganzen von ihnen erlegten
Preis in einer Tasche behalte, oder blos 84 Procent davon, um die
übrigen 16 Procent in eine andere Tasche zu stecken; sie bezahlen ihm
deßhalb nicht weniger, und sie haben sich in seine Abrechnung mit den
übrigen Interessenten seiner Operationen nicht zu mischen *).

Ferner vermehrt Herr Finlay das von ihm gewählte Verhältniß
von 20 Erwachsenen und 7 Kindern mit 2 Säuglingen, welche letztere
er erst seit kurzem gratis befördert. Da ihm Säuglinge jedoch
weder Fracht noch Spesen von Mainz nach Havre verursachen, wäh=
rend das neue amerikanische Gesetz ausdrücklich bestimmt, daß Säug=
linge nicht mit als Passagiere gerechnet werden, so kann sich Herr
Finlay auch aus der unentgeltlichen Beförderung von Säuglingen
kein Zahlenverdienst schaffen.

---

*) Herr Finlay wird mir erlauben, seinen Agenturspesen=Anschlag von 8 fl. 6 kr. per
Kopf, oder 8 Prct., als unrichtig zu bestreiten. Er bemerkt zwar, daß es ihm nicht ein=
leuchte, aus welcher Quelle ich meine Annahme seiner 16 Prct. Agenturspesen (auf
den Ueberfahrtspreis, abzüglich der Kosten von Mainz nach Havre) geschöpft haben könne.
Wenn ich ihm jedoch erwiedere, daß ich dieselbe seinen eigenen Korrespondenten,
den Herren Paillette und Komp., verdanke, so wird er von seiner Verwunderung zurück=
kommen. Um die Richtigkeit meiner Annahme von 15 fl. per Kopf Agenturspesen auf
den Preis von 120 fl. ab Mainz in meiner diesjährigen Warnung zu beweisen, reicht
folgende Berechnung hin:

Ueberfahrtspreis von Mainz nach Newyork	120 fl.	
Ab Spesen von Mainz nach Havre	20 „	
	100 fl.	
Hievon Spesen der Unteragenten des Herrn Finlay,		
Kopfgelder, nebst seinen Reisekosten, Inseraten		
u. s. w. . . . . 10 Prct.	10 fl.	
Agentur des Herrn Finlay . . . . . 4 „		
Agentur der Herren Paillette und Komp. 2 „ } von 90 fl.	5 fl. 24 kr.	
	Folglich 15 fl. 24 kr. per Kopf.	

Er wird mir folglich Dank wissen, wenn ich seine Berechnung wie folgt berichtige:

20 Erwachsene zu 125 fl. von Mainz nach
    Newyork . . . .   2,500 fl.

7 Kinder zu 90 fl. von Mainz nach Newyork   630 „

                                      3,130 fl.

Ab Spesen von Mainz nach Havre:

20 Erwachsene zu 20 fl. ⎱
 7 Kinder zu   12 „ ⎰ . . . . .   484 fl.

                                    2,646 fl.

Zum Cours von 210   5,556 Fr. 60 Ct. bleibt folglich für die Fahrt von Havre nach Newyork 205 Fr. 80 Ct. per Kopf.

Hören wir nun Herrn Finlay's Motive:

1) Für Erhöhung seiner Preise auf 125 und 90 fl. vom 26. April bis 11. Mai;

2) Für Erniedrigung derselben auf 115 und 80 fl. vom 12. Mai bis 21. Mai;

3) Für fernere Erniedrigung auf 105 und 75 fl. vom 22. Mai bis zum Monat Juni.

Nach seiner Angabe hätte er seine Preise auf 125 und 90 fl. erhöht, weil der Sekretär der Schatzkammer in Washington in seinem Zirkular vom 14. März den Bettraum von 6 Fuß Länge und 1 1/2 Fuß Breite als von dem jedem Passagier durch das neue Gesetz eingeräumten 14 Quadratfuß Raum g e t r e n n t ausgelegt hätte, nach welcher Auslegung die Tragfähigkeit e i n e s j e d e n S c h i f f s auf die Hälfte der frühern reduzirt worden wäre. Das Faktum dieser ersten Auslegung ist wahr, allein Herr Finlay überschätzte bei weitem den Effekt derselben auf die Tragfähigkeit e i n e s j e d e n S c h i f f s, und auf die hiesigen Platzpreise. Gewöhnliche Kauffahrteischiffe, welche, wie bereits oben bemerkt, die große Mehrzahl der Transportschiffe für Auswanderer, und durch ihre Konkurrenz in dieser Epoche d i e P l a t z preise h i e r b i l d e n, hätte selbst diese erste Auslegung kaum um ein

Viertheil ihres frühern Raums vermindert *), und wenn auch Herrn Finlay's Packetboote, vermöge ihrer eigenthümlichen Bauart, durch das neue Gesetz etwas mehr benachtheiligt wurden, so lag in diesem Umstand zwar der Grund zur Verminderung ihres Fracht=gewinns, jedoch kein Motiv zu einer so außerordentlichen Preiser=höhung, da das Maximum für Platzverträge mit Kauffahrteischiffen, wie Herr Finlay selbst anerkennt, nicht 150 Franken per Kopf über=stieg, während der Durchschnittspreis in den Monaten April und Mai für Platzverträge blos 135 und 132 Franken per Kopf war. Hieraus folgt, daß hier auf dem Platze die Packetboote des Herrn Fin=lay in keinem Fall auf einen Ueberfahrtspreis von 206 Franken per Kopf hätten rechnen können. Wenn ich deßhalb in meiner dies=jährigen Warnung aussprach, daß Herr Finlay den Packetbooten, und durch unerlaubte Ausdehnung seiner Konzession, auch den spekulationsweise befrachteten Kauffahrteischiffen des Hauses Paillette und Komp., nur in Folge seiner konkurrenzlosen Stellung für Havre in Deutschland, und des den Auswanderern auferlegten Abschlußzwangs, so hohe Preise verschaffen konnte, so sagte ich blos die Wahrheit.

Herr Finlay giebt vor, daß er vom 12. bis 21. Mai seine Preise blos auf 115 und 80 fl. hätte reduziren können, weil damals über die definitive Auslegung der erwähnten Kongreßakte noch zu große Un=gewißheit herrschte, was ihn bewog einstweilen den Tages=

---

*) Nach der später berichtigten Auslegung dieser Akte, welche den Bettraum mit in den 14. Quadratfuß einbegreift, differirt die jetzige Tragfähigkeit großer Kauffahrteischiffe (in der Regel für den Baumwollentransport gebaute Dreimaster) von ihrer Tragfähigkeit nach dem alten Gesetz fast um nichts mehr, d. h. sie vermindert sich höchstens um 5 bis 10 Prct., wogegen die Tragfähigkeit der sechzehn Packetboote, wegen der eigenthümlichen Bauart derselben, allerdings noch immer durchschnittlich ungefähr 25 Prct. weniger beträgt. Dieser Umstand wäre den sechzehn Packetbooten für ihren Frachtgewinn durch Auswanderer auf die Dauer zu nachtheilig, als daß die Eigner derselben nicht alljährlich neue Packetboote von größerer Tragfähigkeit bauen lassen sollten, um die alten zu ersetzen. Bis diese neuen fertig sind, möchte nun Herr Finlay, was ihm bei Platz=verträgen wegen der Konkurrenz gewöhnlicher Kauffahrteischiffe unmöglich wäre, den einstweilen entzogenen Frachtgewinn sich durch seine Vorausabschlüsse in Deutschland zu recht exzentrischen Preisen von den Auswanderern vergüten lassen! —

„Sehen wir nun, wie viel bei dem Preis von 120 fl. ab
„Mainz für die Ueberfahrt von Havre nach Newyork bleiben
„würde:

„Reise von Mainz nach Newyork . . . . .   120 fl.
„Abfahrt von Mainz nach Rotterdam 3 fl. 45 kr.
„Von Rotterdam nach Havre . . 14 „ 12 „
„Uebrige Unkosten, besonders wegen
  „der Effekten, per Kopf . . . 2 „ 3 „
                     —————
                         20 fl.

              „Bleiben 100 fl.
              „oder   211 Fr.

„gegen 150 Franken. Ich finde dies etwas stark! —

„Ich weiß in der That nicht, warum Sie in Ihrer Paritäts-
„berechnung die Agenturspesen abziehen. Bezahlt denn der
„Auswanderer, welcher sich hier auf dem Platz engagirt, 16 Prct.
„mehr als den eigentlichen Platzpreis? Bezahlt er 184 Fr.,
„oder blos 150 Franken?

„Selbst wenn man zu 20 Erwachsenen, zu 120 fl., 7 Kinder,
„zu 80 fl., beifügt, kommen noch 193 Franken per Kopf
„von hier nach Newyork heraus, gegen 150 Franken!

„Wenn die bayerische Regierung die Auswanderungsagenten
„nur um den Preis dieses enormen Tributs auf die Voraus-
„abschlüsse dulden sollte, wäre es hohe Zeit, eine Aenderung zu
„treffen, und den 150 Agenten, von denen die deutschen Staaten
„angefüllt sind, ihren Abschied zu geben.

„Ich beharre auf meiner Visa's Verweigerung.

          „Gez. der königl. bayerische Konsul."

Wenn man berücksichtigt, daß vorstehender Brief blos eine offizielle
Zusammenfassung vorausgegangener mündlicher Reklamationen gegen
Herrn Finlay's ausschweifende Preistendenzen war, wer anders als
Herr Finlay könnte meine Warnung in der Allgemeinen Zeitung
vom 20. Mai d. J. mißbilligen?

Doch es ist Zeit, den mathematischen Beweis zu führen, wie
drückend nicht blos diese, sondern im Allgemeinen alle diesjährigen

Vorausabschlüsse des Herrn Finlay für deutsche Auswanderer waren, denn alles bisher Gesagte sollte mich blos von seinen Vorwürfen vermeintlicher Widersprüche reinigen, und das Gehaltlose seiner eignen Behauptungen aufdecken. Gegen Beweise, auf Zahlen gestützt, wird Herr Finlay nicht streiten wollen.

Herr Finlay giebt vor (Seite 18) die von ihm vom 8. März bis 15. Juni beförderten 6,437 Auswanderer zu einem Durchschnittspreis von 96 Franken von Havre nach Newyork engagirt zu haben.

Die Richtigkeit dieser Angabe bestreite ich auf die förmlichste Weise.

Im Besitz der Kopien aller seiner diesjährigen Verträge mit bayerischen Auswanderern (während Würtemberger, Badner u. a. ihm durchschnittlich noch höhere Preise bezahlten) nehme ich außerdem die in seiner eignen Broschüre angeführten Preise, und die Dauer derselben, zur Basis meiner Berechnung, und beobachte zugleich das Verhältniß von 20 Erwachsenen und 7 Kindern unter 10 Jahren, mit Hinweglassung seiner Agenturspesen. Hieraus ergiebt sich folgendes Resultat:

Uebernahmspreise des Herrn Finlay im Jahr 1847.

Von Mainz nach Newyork:				Von Havre nach Newyork:	
	Tage.	gr. Pers. fl.	Kinder. fl.		per Kopf. Fr.
1. Januar bis 20. Feb.	51	70	55	läßt nach obiger Berechnung	101
21. Feb. b. 31. März.	39	80	55	„ „ „ „	117
1. bis 9. April.	9	85	60	„ „ „ „	127
10. bis 25. April.	16	95	80	„ „ „ „	154
26. April bis 11. Mai.	16	125	90	„ „ „ „	206
12. bis 21. Mai.	10	115	80	„ „ „ „	185
22. bis 31. Mai.	10	105	75	„ „ „ „	166
1. bis 30. Juni.	30	95	80	„ „ „ „	154
1. bis 31. Juli.	31	85	60	„ „ „ „	127
1. bis 31. August.	31	80	55	„ „ „ „	117

243 Tage, giebt folglich einen Durchschnittspreis von 133 Franken per Kopf.

Für Platzverträge mit Kauffahrteischiffen waren die Durchschnittspreise in derselben Epoche:

Im Januar 71 Franken
 „ Februar 60 „
 „ März   104 „   ober durchschnittlich 89 1/2 Fr. per Kopf
 „ April 135 „   (worin ebenfalls das Kopf= unb Spi=
 „ Mai   132 „   talgelb in Nordamerika mit inbegrif=
 „ Juni   89 „   fen ist).
 „ Juli   65 „
 „ August 60 „

Während der acht Monate dieses Jahrs erhob folglich Herr Finlay von bayerischen Auswanderern einen um 43 1/2 Franken per Kopf höhern Preis, als dieselben hier hätten Platzverträge schließen können *).

---

*) Herr Finlay, um sich gegen meine Beschwerben bei der königl. bayerischen Regierung zu rechtfertigen, ließ unterm 24. Juli durch seinen Mankatar, Herrn Dr. Spengel in München, eine Angabe seiner Verträge bis Ende Juni einreichen, worin er seine Berechnung wie folgt stellt:

		Gleich mit von Havre nach Newyork.
„4,500 Köpfe zu 70, 75 unb 80 fl. für Erw. unb 55 fl. für Kinder, folglich burchschnittlich zu 75 unb 55 fl.	. . . . .	109 Fr. per Kopf.
„1,000 „ zu 85 fl. unb 60 fl. für Kinder	. . . .	127 „ „ „
„500 „ zu 95 fl. unb 80 fl. für Kinder	. . . . . .	154 „ „ „
„400 „ zu 125, 115 unb 103 fl. unb 80 fl. für Kinder, folglich burchschnittlich zu 115 unb 80 fl.	. . . . .	183 „ „ „

„6,400 Köpfe", welche ihm auf diese Weise einen Durchschnittspreis von 120 Franken per Kopf bezahlt haben sollen, während er in seiner Broschüre (Seite 18) diesen Durchschnittspreis blos zu 96 Franken angiebt.

Er fügt in dieser Eingabe hinzu, daß er in Folge der bedeutend billiger gewordenen Fahrpreise seine Agenten ermächtigt habe, für die Monate Juli, August unb September Auswanderer zu 85 fl. unb 60 fl. für Kinder zu engagiren. Bedenkt man jedoch, daß diese Preise gleich sind mit 127 Franken per Kopf von hier nach Newyork, während im

Auf einzelne, selbst monatlange Epochen ist der Kontrast noch ungleich frappanter. So waren z. B. im Juni und Juli d. J. an Bord derselben Packetboote, für welche ich Kontrakte des Herrn Finlay zu 120 fl. ab Mainz (210 Franken ab Havre) zu visiren verweigert hatte, sehr viele Plätze vakant geblieben, welche die Herren Paillette und Komp. dahier sich glücklich schätzen mußten, durch Platzverträge zu 80 bis 50 Franken auszufüllen! Diese enormen Differenze hatten zur Folge, daß eine große Zahl Auswanderer, welche mit Kontrakten zu 115 fl ab Mainz (200 Franken ab hier) hieher gekommen waren, vorzogen, dieselben zu brechen, und die Hälfte der Passage, d. h. 100 Franken, als gesetzliche Penalität, in den Händen der Herren Paillette und Komp. zu lassen, weil sie mit der andern Hälfte nicht nur ihre Ueberfahrt mit segelfertigen Kauffahrteischiffen, sondern auch die Kosten der Lebensmittel von 45 Franken per Kopf bestreiten konnten, welche letztere sie (bei Erfüllung ihrer Kontrakte)

Juli und August die hiesigen Platzpreise durchschnittlich nicht 62 1/2 Franken per Kopf überstiegen, so ergiebt sich, daß diese scheinbare Großmuth eigentlich nur in der Erhebung eines neuen Tributs von 64 1/2 Franken per Kopf auf die von Herrn Finlay im Juli und August beförderten Auswanderer bestand. Dieser schreiende Kontrast mochte auch Herrn Finlay frappiren, da er seit Anfang Augusts seine Preise großmüthigerweise auf 80 und 60 fl. reduzirte (gleich mit 117 Franken per Kopf von hier aus), welche Sätze ich auch in meiner obigen Tabelle annahm. Ungeachtet meiner mehrfach begründeten Berechtigung zu Zweifeln in Herrn Finlay's Angaben, will ich doch einen Augenblick annehmen, daß die bis Ende Juni von ihm beförderten Auswanderer ihm blos 120 Franken per Kopf, laut seiner Eingabe, bezahlten. Fügt man zu diesem Preis seine Juli= und August=Verträge, durchschnittlich zu 82 1/2 und 57 1/2 fl. (oder 123 Franken ab hier) hinzu, so entsteht für sämmtliche acht Monate dieses Jahrs ein Mittelpreis von 121 Franken, gegen 89 1/2 Franken, wozu in demselben Zeitraum Platzverträge zu schließen waren. Der Preisunterschied würde sich jedoch meiner obigen Angabe von 43 1/2 Franken per Kopf (welche auf die Dauer seiner Preissätze, und nicht auf die Zahl der Verträge gegründet ist) unbezweifelt nähern, wenn das Quantum der zu 75 und 55 fl. engagirten Auswanderer anstatt 4,500, nach Herrn Finlay's Angabe, nur 3,500 betragen hätte, oder wenn auch für den Monat September, der für den Juli und August bestandene, auffallende Differenz von 64 1/2 Franken zwischen Herrn Finlay's Engagements und den hiesigen Platzpreisen fortdauern sollte.

noch besonders hätten bezahlen müssen. Diese Thatsachen erregten hier eine solche Sensation, daß sich die Herren Paillette und Komp., im Interesse des Packetbootsdienstes, genöthigt sahen, mehreren dieser zu so hohen Preisen engagirten Auswanderer die Lebensmittel ganz oder theilweise gratis zu liefern. Einigen andern, welche den Agenten noch nicht die volle Passage bezahlt hatten, mußte Herr Finlay in Folge meiner Visums=Verweigerung, und zur Verhütung der Ueberhandnahme solcher Kontraktbrüche, vor ihrer Abreise schon eine Reduktion ihres Fahrpreises auf 95 fl. einräumen.

Bedenkt man, daß in diesem Jahr, in den Monaten April und Mai, durch den ersten Allarm über den Effekt der amerikanischen Akte, welcher durch unvorsichtige Vorausabschlüsse bei momentanem Mangel an disponiblen Kauffahrteischiffen noch vermehrt worden war, die hiesigen Platzpreise sich in beiden Monaten ausnahmweise um wenigstens 25 Franken über ihren gewöhnlichen Standpunkt erhöht hatten, so läßt sich der Schluß ziehen, daß in Mitteljahren das Maximum der ersten 7 Monate hier keine 110 Franken per Kopf übersteigt, während (so wie selbst dieses Jahr) in dieser Epoche oft mehrere Monate lang ein Minimum von 50 und 60 Franken Statt findet. Ich glaube daher vollkommen im Wahren zu sein, obwohl es Herr Finlay nicht einräumen wird, wenn ich einen Mittelpreis von 85 Franken per Kopf annehme, folglich nach dem Verhältniß von 70 Erwachsenen gegen 25 Kinder unter 10 Jahren:

für Erwachsene einen Mittelpreis von 90 Franken von hier nach Newyork, oder zuzüglich 20 fl. Spesen von Mainz hieher, von 63 fl. von Mainz nach Newyork,

und für Kinder einen Mittelpreis von 75 Franken von hier aus, oder zuzüglich 12 fl. Spesen von Mainz hieher, von 48 fl. von Mainz nach Newyork.

Auf höhere Preise machte übrigens auch Herr Finlay im Jahr 1845, bis zum April 1846, nicht Anspruch, und aus seinem Eingangs veröffentlichten Brief an mich, vom 23. Juni 1845, geht selbst hervor, daß der frühere Agent in Mainz den Packetbooten durchschnittlich sogar nur 50 fl. von Mainz aus vergütete.

Der hier sich engagirende Auswanderer wäre allerdings mitunter dem Risiko einer um 10 bis 15 Tage verzögerten Abfahrt ausgesetzt, da jedoch auch die hiesigen Korrespondenten des Herrn Finlay, nach seinen Kontrakten, in den meisten Fällen einen entschädigungs= freien Aufschub von 6 Tagen genießen, so betrüge der Unterschied zu Lasten der Platzverträge blos etwa 4 bis 9 Tage, und gesetzt auch derselbe vermehrte sich in einzelnen Fällen um einige Tage, so würde der Auswanderer doch in dem durchschnittlich billigern Platz= vertrag wieder reichlichen Ersatz dafür finden.

Aus vorstehenden „Erläuterungen und Erklärungen" wird man schließen können, daß die Existenz und das Hauptbeneficium des in= dustriellen Systems des Herrn Finlay, in Bezug auf seine Verträge, eigentlich blos auf der Unbekanntschaft des Auswan= derers mit den hiesigen Lokalverhältnissen, und auf dem Abschlußzwang beruht, welchem derselbe mit Herrn Fin= lay's Agenten in seiner Heimath unterworfen ist. Ein= zelne vorübergehende Steigerungen, veranlaßt durch augenblicklichen Andrang, der in der Regel nur in unvorsichtigen (und für Kauf= fahrteischiffe unerlaubten) Uebernahmen seinen Grund hat, dienen Herrn Finlay auf der Stelle wieder zu neuen Preiserhöhungen für seine Abschlüsse in Deutschland, und die neu erhöhten Preise werden dann Monate lang behauptet, wenn auch in der Zwischenzeit durch zahlreiche Schiffsankünfte die Frachten wieder auf das neben erwähnte Minimum zurück gingen. Auf diese Weise werden Unvorsichtigkeit und fehlerhafte Kombinationen, deren Folgen im gewöhnlichen kaufmännischen Leben blos ihre Urheber bestrafen soll= ten, Herrn Finlay bei seinem Verkehr mit unwissenden Auswan= derern zu neuen Elementen des Gewinns, denn die zuletzt engagirten Auswanderer müssen ihm den Nutzen wieder verdreifachen, der durch unersättliche Uebernahmen bei momentaner Entbehrung disponibler Transportgelegenheiten, auf früher beförderte eingebüßt wurde.

Es wäre ein Irrthum, wenn man annehmen wollte, daß Herr Fin= lay nicht eben so gut als irgend Jemand von der schlechten Vollziehung seiner Kontrakte in Havre unterrichtet wäre. Es charakterisirt jedoch sein System, und das Gewicht, welches er auf das ihm zu Theil gewordene Zutrauen der deutschen Regierungen legt, wenn man liest, wie er selbst über den Mangel an Einheit und die Gebrechen in der Organisation seines Dienstes sich ausspricht. Hier folgt auszüglich, was er erst kürzlich, am 6. Juli d. J., an den großherz. hessischen Konsul dahier, auf verschiedene von demselben an ihn gerichtete Klagen, antwortete:

„Ihre Mittheilungen in Betreff des Verfahrens der Herren „Paillette und Komp. sind mir in jeder Beziehung nicht erfreu-„lich. Diese Herren beweisen in ihren Handlungen, daß sie „von dem Geiste, welcher mich gegen die Auswanderer beseelt, „nicht durchdrungen sind. Sie werden als Mann von Fach „auch keinen Augenblick meine schwierige Stellung in Deutsch-„land verkennen. Auf der einen Seite habe ich sehr ernste „Verbindlichkeiten gegen die deutschen Regierungen zu erfüllen, „und auf der andern nicht weniger gegen die Auswanderer. „Die Herren Konsignatäre der Postschiffe legten die „Leitung der Agentur in Havre in die Hände der „Herren Paillette und Komp. Nun erwartet „man also doch, daß ein Geist sowohl die hiesige „als die Agentur in Havre beseele. In gutem „Glauben, daß die Herren Paillette und Komp. „meine Verträge respektiren werden, sende ich „Ihnen die Auswanderer zu.

„Ist es also etwa meine Schuld, wenn die Her-„ren Paillette und Komp. ihren Pflichten gegen „die Auswanderer nicht nachkommen? Sind die „Klagen, welche die Auswanderer gegen mich „erheben, etwa gerecht? Und muß ich nicht Alles „aufbieten, den Regierungen den richtigen Stand „der Dinge auseinander zu setzen? Was ist meine „Agentur anders als eine Expeditions-Gesell-„schaft, und fällt etwa bei Vertragsverletzungen

„die Schuld auf Jemand anders, als auf den-
„jenigen Agenten, welcher seine Pflicht nicht
„erfüllt?

   „Im Gefühl meines Rechts und in dem Bewußtsein, daß
„von meiner Seite Alles aufgeboten wird, um meine Auswan-
„derer zufrieden zu stellen, ist nur Eines im Auge zu behalten.
„Entweder die Agenten erfüllen ihre Pflicht, so weit solche nach
„dem Kontrakte bedungen ist, oder die Wächter der Rechte
„des Auswanderers zwingen dieselben zur Erfüllung ihrer
„Pflicht. Je eifriger die deutschen Konsuln die
„Agenten in Havre zur Erfüllung meiner Ver-
„träge anhalten werden, je mehr Dienste leisten
„sie mir in Deutschland, und so kann ich Ihnen
„auch nur meinen Dank zu erkennen geben, wenn
„Sie die Rechte meiner Akkordanten vis-à-vis der Herren
„Paillette und Komp. zu jeder Zeit gewahrt haben.

„Gez. W. Finlay.“

Man glaubt zu träumen, wenn man Herrn Finlay's sonderbare
Phrasen liest, mit denen er sein Privatinteresse von
dem des von ihm repräsentirten Dienstes trennen zu
können glaubt. Er hält seine Mission für beendigt, sobald er
dem Auswanderer seinen Kontrakt überlieferte, und von demselben
das Geld dafür in Empfang nahm. Für die Vollziehung des Kontrakts läßt er jedoch den Konsul sorgen, den er als Wächter der Rechte
des Auswanderers jedem seiner Verträge vorspannen will. Er über-
sieht, daß seine eigene Anerkennung dieser permanenten Noth-
wendigkeit, und die von ihm dem Konsul zugemuthete Rolle eines
beständigen Aufpassers und Zuchtmeisters der hiesigen Einschiffungsagenten, denselben eigentlich nur in einen Commis oder Sachwalter
des Herrn Finlay verwandeln würde. Waren fast alle Vertragsverletzungen außerdem nicht in der Natur dieser Kontrakte selbst
begründet, indem Herr Finlay den Herren Paillette und Komp.

z. B. 600 Auswanderer, für zwei Packetboote mit bestimmter Ab=
fahrtsfrist engagirt, zusendete, während er sehr wohl wußte, daß diese
Packetboote nicht mehr als 500 Passagiere einnehmen konnten? Wie
kann Herr Finlay den Konsuln zumuthen, dergleichen und noch
manche andere Unordnung ein für alle Male durch ihr fortgesetztes
Einschreiten zu sanktioniren? Ist der so oft und so laut gewordene
Tadel seines Beförderungssystems kein Sporn für ihn, seinen Packet=
bootsdienst besser zu organisiren, und die Auswanderer pünktlicher
und billiger zu befördern?

Seitdem Herr Finlay seine Laufbahn als Spezialagent der sech=
zehn Packetboote in Mainz betrat, verlangte ich nichts anderes von
ihm als:

1) Beschränkung seiner Verträge mit bayerischen Auswanderern
   auf Beförderungen mit diesen Packetbooten, und seine positive, ·
   nicht blos versprochene und nicht gehaltene, Verzichtleistung
   auf, von ihm selbst dem frühern Agenten zum Vorwurfe ge=
   machte, Ausdehnung seiner Konzession auf Verträge für Kauf=
   fahrteischiffe ohne bestimmte Abfahrtsfrist.
   Die königl. bayerische Regierung unterstützte mein beßfall=
   siges Verlangen durch ihren Erlaß vom 14. Juli 1846, und
   kürzlich durch den § 2 des Erlasses vom 13. Juli 1847.

2) Herrn Finlay's Abhängigkeit von einem gewissen Preis=
   maximum, als Gegengewicht für den Abschlußzwang, welchem
   bayerische Auswanderer mit Beförderungsagenten in ihrer
   Heimath unterworfen sind, und als Schutz für sie gegen Herrn
   Finlay's willkürliche, den jährlichen Durchschnittspreis
   der hiesigen Platzverträge zu sehr übersteigende, Preisforde=
   rungen.

Die Befugniß zu diesem Verlangen schöpfte ich in der königl. Verfügung vom 24. März 1840, welche mich ermächtigt, mein konsularisches Visum Kontrakten zu verweigern, deren Bedingungen mir zu beschwerend für die Auswanderer scheinen.

Auf beiden Ansprüchen beharre ich, als Wächter der Rechte bayerischer Auswanderer.

Havre, den 24. August 1847.

Heinrich Meinel,
Königl. bayerischer Konsul.